Diese eine Liebe.

Ingrid Raab

Diese eine Liebe.

Bibliografische Information der Deutschen Nationalbibliothek
Die Deutsche Nationalbibliothek verzeichnet diese Publikation in der
Deutschen Nationalbibliografie; detaillierte bibliografische Daten sind
im Internet über http://dnb.d-nb.de abrufbar.

Satz, Herstellung und Verlag: Books on Demand GmbH, Norderstedt
ISBN 978-3-8423-2657-6

Mein Leben verlief für mich eigentlich ganz normal für die Zeit nach dem Krieg.

Meine Mutter war 29 Jahre alt, aus gutbürgerlichen Verhältnissen, Haustochter bei Ihrem Vater nach Abschluss ihrer Hotelfachschule, hatte also nie fremd arbeiten gehen müssen.

Mit 18 Jahren besaß sie einen Führerschein, fuhr das BMW Cabrio ihres Vaters mit ihrem eigenen Schäferhund auf dem Beifahrersitz. Sie hatte bis dahin ein wohlbehütetes gutsituiertes Elternhaus und viele Freundinnen, die ihr auch Leben lang geblieben waren.

Ihr Herz hatte sie erstmalig für meinen Vater entdeckt, mit 28 Jahren! (nach eigenen Angaben)

Sie heiratete aus übergroßer Liebe, gegen den Willen ihres Vaters, einen Witwer mit drei kleinen Kindern.

Mit 35 Jahren hinterließ er ihr 4 Kinder, sonst wenig.

Ich war 2 1/2 Jahre alt, konnte den Erlkönig ohne zu stottern aufsagen, meine um ca. 10 Jahre ältere Schwester konnte den Text einfach nicht behalten.

An der werden wir noch unsere helle Freude haben, sagte mein Vater zu meiner Mutter. Bald darauf machte er seine Augen für immer zu.

So viel Freude wollte er vielleicht gar nicht.

Ich kann mich an meinen Vater kaum, bis gar nicht erinnern.

Nun musste sie sich auch noch ihren Lebensunterhalt selbst verdienen, da mein Vater als Kriminalbeamter, nach seinem Studium zum Drogisten, nicht genug Dienstjahre vorweisen konnte.

Meine Mutter erzog uns sehr streng und sehr katholisch, obwohl man feststellte, als meine zweitälteste Schwester kirchlich heiraten wollte, das alle drei meiner Halbgeschwister evangelisch getauft waren, und auch geblieben waren, dann aber in den jeweiligen katholischen Schulen gewesen waren, mit Kommunion, Firmung etc. Sie waren also nie umgetauft worden!!!

Und das damals, als man nicht einmal mit „ Evangolen" spielen durfte, im schwarzen Münsterland!

Es gab auch Hiebe, da war Mutter sehr großzügig, (außerdem hatte es für sie den Vorteil, dass wir ihre Verbote nie ein zweites Mal übertraten), aber in anderen erfreulicheren Dingen auch.

Das war i h r e Erziehung ohne Mann in dieser schweren Zeit. Aber damals erging es anderen Kindern nicht viel anders, die meisten meiner Freunde hatten ihren Vater im Krieg verloren.

Ich kann mir im nach hinein denken, dass sie einen ziemlichen Frust hatte.

Sie liebte die drei Kinder von seiner ersten Frau, weil sie i h n so geliebt hatte.

Da stand sie nun, jung, mit vier Kindern am Hals nach dem Krieg da, und ohne Mann.

Das war Schicksal.

Sie hat nie wieder einem anderen Mann ihr Herz geöffnet, eigentlich hat sie nur ihrer vier Kinder wegen weiter gelebt.

Ich habe sie mein Leben lang bewundert und sehr geliebt. Natürlich nicht immer, wir haben „wunderschöne" Meinungsverschiedenheiten ausgetragen! So nach dem Motto: sie küssten und sie schlugen sich, aber es renkte sich alles immer schnell wieder ein.

Weder sie noch ich waren nachtragende Menschen; ich habe sehr viel von ihr geerbt und gelernt.

Meine Geschwister haben weder von ihr gelernt noch waren sie ihr gegenüber jemals dankbar, im Alter noch viel weniger. Sie war plötzlich zur bösen Stiefmutter aus den alten Märchen geworden, als sie dann gebrechlicher wurde.

Bis dahin hatte ich meine Geschwister sehr geliebt.

„Meine" Mutter war eine sehr starke, bewundernswerte Frau mit sehr sehr viel Herzenswärme.

Die katholische Mädchenvolksschule lief wie im Spiel an mir vorbei.

Ich besaß keine Puppe, hatte mir nie eine gewünscht, spielte mit Jungens Jungenspiele auf der Straße. Ich war ein Straßenkind das mit Vorliebe auf Bäumen saß, Bücher las, auf Stoppelfeldern barfuss laufend Mutproben bestand, mit unseren Schäferhunden allein stundenlang durch die Wälder streifte, Wasserräder bauen konnte, wie ein Junge auf allen Fingern pfeifen konnte (zum Leidwesen meines Bruders, der das allerdings auch nie lernte) allerdings auch nicht zur besonderen Freude meiner Mutter.

Mädchen die pfeifen und Hühner die krähen denen soll man beizeiten die Hälse umdrehen, (ihre immer auf der Zunge liegenden Sprichwörter zu jeder Gelegenheit), meistens stimmten sie.

Aber irgendwie war sie stolz auf mich oder empfand mich als andersartiges Kind, ein Wassermannkind einer Wassermannmutter und -großmutter.

Unser katholischer Pastor, ein feinfühliger, liebevoller ältere Herr mit weißem vollem Haar, ich liebte ihn sehr (so hatte ich mir immer den lieben Gott vorgestellt,) einer der besten Freunde meines Vaters, obwohl d e r aus der Kirche ausgetreten war, sagte einmal zu meiner Mutter, die sich beklagt haben musste,

Um Gottes Willen, lassen sie dieses Kind so wie es ist, es hat so viele wundervolle Gaben vom Herrgott mitbekommen, versuchen sie bitte nicht d i e s e s Mädchen zu ändern.

Daran hielt sie sich auch hin und wieder.

Ich war ein glückliches Kind!

Ich konnte, laut Mutter, mit 9 Monaten laufen, besaß angeblich auch keinen Topf sondern machte auf eine Dreckschaufel, somit war ich auch ganz früh sauber. Ab dann musste man mich immer suchen, da ich auf allen Baustellen oder bei angenommenen Onkels und Tanten in unserer Straße zu Hause war.

Ich konnte mindestens so weit werfen und mit Pfeil und Bogen schießen auf Bäume klettern, Brennball, Völkerball und Fußballspielen wie die Buben.

Für meine Mutter war ich ein Junge, mein Vater hatte sich ja auch einen gewünscht!

Als dann einige meiner Mitschülerinnen in die Oberschule wechselten und ich aus Schulgeldmangel, ich war ja der Nesthaken, nicht mit durfte, hatte ich wenigstens meine geliebten Lehrerinnen auf meiner Seite.

Dieses intelligente Kind musste weiterlernen.

So kam ich dann ein Jahr später doch dorthin, zu Gleichaltrigen, ich war auch schon mit fünf Jahren in die Schule gekommen, und fand auch schnell Freundinnen. Es war eine Schule wo Jungens und Mädels getrennt voneinander unterrichtet wurden.

Mit 15 gab es die Gartenlaubenkussaffäre, (natürlich nicht ohne mich), wo ganz harmlos drei Jungens und drei Mädchen durch ein Los den jeweiligen anderen küssen durften, Lippen an Lippen. Wie auch immer, man verpfiff uns aus purem Neid.

Mich hatte man nicht genannt, aber Fräulein Rosendahl, unsere wahrscheinlich jüngferliche Klassenlehrerin (mir nicht wohl gesonnen, ich war ihr nicht devot genug) packte mich und wollte auch von mir ein Zugeständnis meines Dabeiseins, das ich ihr aber aus gutem Grund nicht gab.

Meine Mutter hätte mir handgreiflich die Leviten gelesen.

Nur ein Mal ging sie zu einem Elternsprechtag.

Fast jeder Lehrer sagte ihr dort ich könne zu den Besten der Klasse gehören, mit einem bisschen mehr dazu tun. Aber das wollte ich gar nicht, ich hätte ja doch nicht studieren dürfen.

Ich bekam meine verdienten Ohrfeigen, damit hatte sie der Gerechtigkeit genüge getan.

Nie wieder betrat sie das Gymnasium.

Mit 16 hatte ich meinen ersten Zungenkuss, von "Schweinebonni", seine Eltern hatten eine Schweinespedition. Nachdem ich wohl eine Woche ziemlich still gewesen war, erzählte ich bangen Herzens meiner ältesten Schwester meinen Kummer. Ich bekam ein Kind.

Wie denn, wo denn, wann, mit wem? Oh nein, nicht von d e m!

Also, zuerst hatte er mich abgeholt, dann hatte er sich mit dem Auto irgendwo festgefahren (was ich damals schon nicht glaubte aber glauben wollte), hatte mich geküsst, mir gesagt dass man dabei den Mund aufmachen müsse, was ich auch schrecklich verlegen getan hatte: Und dann mit der Zunge, ihh!

Und dann? fragte sie
Das war`s!

I h r e weise Aufklärung,
Vom Küssen kriegt man kein Kind.

Die ganze Aufklärung meiner Mutter bestand darin,
Lasst euch ja nicht unter den Rock fassen.
Da ich immer nur Hosen trug konnte mir da gar nichts passieren.

Nachdem ich mit 18 meine Schule mit guten Noten hinter mich gebracht hatte, wäre ich gern als Au Pair Mädchen nach England, Frankreich vielleicht Italien gegangen. Sprachen zu lernen waren damals mein Traum. Dafür wäre ich viel zu jung, die Ansicht meiner Mutter.

Das war Kleinstadtleben damals, man hatte von „Nichts" Ahnung, manch einer lebte hier wirklich noch hinter dem Mond.

Vorher war mein Traum Zahnmedizin zu studieren geplatzt, nachdem der Zahnarzt meiner Freundin, mir, seiner Aussage nach, ein winziges Loch am 6er unten rechts bohrte, sofort auf meinen Nerv traf, das Loch wieder zumachte und ich, vor lauter Schmerzen und der morgendlichen dicken Backe und dem Wissen eine dumme Kuh zu sein, (wegen der Schreierei) mir schwor, eine bessere Zahnärztin zu werden als dieser Pfuscher.

Kein Studium.

Mutter's Meinung nach sollte ich Privatsekretärin werden. Da hatte sie wohl einen Film gesehen mit Happy-Chef-End.

Kurz entschlossen meldete ich mich bei einem jungen Zahnarzt als Lehrling an, gegen ihren ausdrücklichen Willen. Er war nicht aus unserer Stadt, in Bayern hätte man gesagt: „a Zuageroaster".

Da war ich ganz brauchbar, billig, willig, hatte schrecklich viel Arbeit. Viele Abende arbeitete ich bis 21.00 oder 22.00 Uhr, für 45,--DM im Monat, allein als Lehrling, mit ungefähr fünfzig Patienten am Tag. Überstunden wurden erwartet aber nicht entlohnt!

Mein Chef wollte mich dann auch nach den zwei Lehrjahren gleich heiraten, mit 20 Jahren,   D e n? NIE! und bloß keinen „Schotten".

Da wir viele gemeinsame Freunde hatten sahen wir uns auch des Öfteren auch privat. Ich blieb, auf meinen ausdrücklichen Wunsch hin, immer bei unserem unpersönlichen „Sie", und weiter hatte ich mit ihm wirklich nichts am Hut.

Bloß keinen Zahnarzt! Ich wollte nicht mein Leben lang arbeiten oder aushelfen müssen.

Ich spielte nach sechs Jahren des Lernens ganz passabel Klavier; natürlich nur klassisch, außer „La Paloma" das zu der Zeit aber gerade in war, das konnte ich, mit einigen anderen, klassisch schönen, althergebrachten Lieblingsstücken, auswendig.

Ich machte Fünf-Kampf-Leichtathletik, ich spielte Tennis, ich konnte reiten.

Als dann das Tennisspielen vielen Menschen gefiel, und morgens um 6:30 Uhr schon kein Platz mehr frei war, wo es am billigsten gewesen war, vor der Arbeit, ging ich in die Hockeymannschaft. Wir wurden sogar Westfalenmeister. Da kam ich wenigstens mal in eine größere Stadt, und endlich hatte ich auch einmal mit anderen, fremden Menschen Kontakt. Wir spielten u.a. auch in Berlin, gerade nach dem Mauerbau.

Da war richtig was l o s, da wollte ich hin!

Das war anders als bei den Pfadfindern, zu denen ich zuerst auch nur gegangen war, um aus diesem behüteten Hause wegzukommen. (Mutter: aber kein Zelten!)

Eine herrliche Zeit in den Jugendherbergen, Radfahrten und Wanderungen durch das Münsterland, Treffen mit anderen Gleichgesinnten, Gesang, Spiele, Sport, Geschichten zum Gruseln.

Ich habe es sehr genossen.

Bei Lagerfeuern hatte man sich auch hin und wieder mal geküsst.

Die Jugendherbergen waren eben doch für Mädchen und Jungen gedacht.

Aber beim Hockey, da ging's unter anderem auch richtig zur Sache.

Ich verliebte und entliebte mich wieder; ich küsste die Frösche reihenweise, und der dann mal mehr wollte wurde wieder abgesägt.

Aber küssen, das konnte ich schon ziemlich gut und ich l i e b t e es.

Mit 17 Jahren durfte ich mit meiner mittleren Schwester in den Urlaub fahren. (für mich noch Ferien, da ich noch zur Schule ging)

Zuvor, drei Wochen Arbeit als „ Akten-Pauserin" in der Firma meiner ältesten Schwester um mir d a s auch zu verdienen was ich ausgeben durfte.

Mein e r s t e r Bikini, meine e r s t e n Jeans!

Sie wurden heimlich auch von diesem Geld gekauft!

Der Bus brachte uns nach Spanien, Calella de la Costa, an die Costa Brava, all incl., 3 ½ Wochen.

Losgelassen von Mutter, losgelöst von der Kleinstadt. Ein kleines Highlight meines bisherigen Lebens!

Ich glaube, dieser Ort war damals fast schon „Klein-Ballermann".

Schon am zweiten Abend lernte ich diesen toll aussehenden, charmanten „Halbausländer" kennen. Er sprach vollendet Deutsch; seine Mutter war Deutsche, sein Vater Spanier. Ein „Don" Bernhardo Sowieso.

Er war noch Student mit 27 oder 28 Jahren! …

Wir verliebten uns sehr und ziemlich heftig ineinander, zur großen Besorgnis meiner Schwester. (sie musste ja schließlich auf mich aufpassen!)

Er war sehr großzügig mit seinen innigen Küssen, aber auch mit Getränken. Cognac, Champagner flossen in Strömen.

Da ich gut im Nehmen war (schließlich war ich ja ein Westfale) vertrug ich das auch einige Abende ganz ordentlich. Danach schüttete ich meistens die Hälfte meines Glases in die Blumentöpfe.Ich wollte einfach nüchterner bleiben.

Bernhardo schleppte mich Abend für Abend an den Strand. Meine Schuhe und den Pass hätte er gern gehabt, ich hätte sie ins Meer werfen sollen!

Bei den Schuhen hätte ich da keine Bedenken gehabt, aber meinen e r s t e n Pass wollte ich doch gern behalten.

Nach diesen wundervollen Küssereien am Strand, (das damals noch verboten war mit Ausländern) liebte er es, mich jede Nacht an einen umzäunten Friedhof mit vielen kleinen eingemauerten Kästchen von Verstorbenen zu bringen, wo er mir eines zum Verbleiben in Spanien anbot.

Er wollte mich, für sich, zum Immer-Dableiben überreden. Nachts gegen zwei Uhr schnappte sich dieser verliebte, verrückte Mann ein Taxi um mich, seiner" kleinen Michelle Morgan", wie er mich immer nannte, seinen Eltern in Barcelona vorzustellen.

Aber seine" kleine Michelle" schnappte sich ein Eigenes und fuhr auf schnellstem Weg ins eigene Hotel zurück.

Eines ganz frühen Morgens hörte ich meiner Schwester fürchterliches Geschrei unter s e i n e r Bleibe. Ich war nicht ins Hotel zurückgekehrt!

Sie zog mich, völlig angezogen, aus den Armen meines auch völlig angezogenen angetrunkenen Bernhardos, bei dem ich in seiner "Kemenate", wie er sein Zimmer nannte, eingeschlafen war.

Meine erste, richtige, ans Herz gehende Teenagerliebe!

Schon da wurde mir das alles zuviel, ich wollte nicht meine Ferien jeden Abend heulend an einer Friedhofsmauer verbringen. Ich wollte S p a ß haben!

Aber auch dort gab es auch schon andere Söhne von netten Müttern, und auch die konnten küssen!

Einmal erwischte Bernhardo mich noch bei einem alleinigen Rückgang ins Hotel. Er flehte mich an, er liebe mich so, ich müsse ihm noch die Gelegenheit geben mir ein Geschenk zu machen.

Er, halbrasiert, mit Schaum vor dem Mund, er hatte mich aus dem Friseurfenster gesehen wo er sich jeden Tag rasieren ließ, und ich noch voller Sand, an seiner Hand, suchte er mir in einer Buchhandlung eine Schallplatte mit einer wundervollen spanischen Liebesballade heraus.

Mein Herz öffnete sich schon wieder kurz für ihn; f a s t hätte ich meinen Pass weggeworfen!

An meine Jugendzeit kann ich mich nur mit großer Freude erinnern.

Dieser Urlaub hatte das Freiheitsgefühl übermächtig in mir werden lassen und ich träumte nur noch von anderen Ländern, Menschen und Abenteuern.

An erster Stelle stand dann wohl diese Ausbildung.
Eine „anständige Lehre, wie meine Mutter überzeugend sagte.

Dann kam der zermürbende Kampf mit ihr:
Die Auswanderung nach Bayern.
München, sagte man mir, ja da wäre was los!
Man konnte in den Boulevardzeitungen (die man auch in meiner Heimatstadt kaufen konnte) lesen, von Partys, Playboys und High Society. Da wollte ich auch dabei sein!
Ich hatte diese Vorahnung, ich würde diesen ganz tollen Playboy aus den Magazinen kennenlernen, machte mich aber lustig darüber. Ich hatte Spaß bei dieser Vorstellung, meine Freundinnen kicherten sich halb tot.
Nachdem ich meiner Mutter eine Arbeitsstelle mit Unterbringung vorlegen konnte, fuhren meine Freundin und ich, mit dem Zug und sehr vielen „Bütterkes“, (die dann auch fast eine Woche essbar waren) guten Ratschlägen wie,
Kommt mir ja nicht unter die Räder,
aber leider auch mit sehr wenig Geld, nach München.

Hier fängt meine Geschichte eigentlich erst an.

Jetzt sollte die große Freiheit beginnen.

Ich war 20 Jahre alt,

sah ganz gut aus, 1,68 Meter groß, mit dichtem Haar, blond mit einem goldrötlichem Schimmer. Mein Vater war blond, meine Mutter rotbraun mit vielen Sommersprossen, die sie m i r aber ausrieb mit „Schwanenweis", eine Creme zum Ausbleichen derselben.

:Geh ja nicht mit dem Gesicht in die Sonne!

Ich hatte große grüne Augen, schöne gerade Zähne (ohne Spange), war schlank und durchtrainiert, sportlich, hatte ein Gefühl für das Outfit, war witzig und gescheit (sagte man), also nicht auf den Kopf gefallen, oder doch, ich glaube meine Mutter hatte erzählt, dass ich ihr einmal vom Wickeltisch gefallen war.

Ob auf den Kopf, hatte sie nie erwähnt.

Eine Anstellung hatte ich auch in einer gehobenen Privatklinik wo Kardinal, Schauspieler und die Oberschicht ein und ausgingen. Da konnte ja eigentlich nichts schief gehen.

Da der Chef, der sein Handwerk bestimmt nicht so gut praktizierte wie mein Lehrherr, mir bald in die Dunkelkammer zum Entwickeln der Röntgenaufnahmen folgte und klagte seine Frau verstünde ihn nicht, und ich ihm klarmachte, ich auch nicht, wusste ich, mein Bleiben in dieser Praxis wäre nicht von langer Dauer.

Außerdem hatte ich dieses endlose Heimweh. Meiner Mutter Kommentar,

Du hast es so gewollt, ein Jahr hält man`s beim Teufel aus.

Das tat ich auch. Diesen bigotten Teufel ließ ich einfach links liegen.

Ich wohnte in der Briennerstraße, also mitten in München im 6. Stock, unterm Dach, Zimmer winzig, ohne Heizung und Aufzug. Komfortabel war etwas anderes im Hinblick auf die Praxis- und Privaträumlichkeiten.

Es war einfach gesagt primitiv.

Wir kamen an einem Samstagnachmittag am Hauptbahnhof in München an. Zuerst fuhren wir mit einem Taxi in die Chiemgaustraße, wo meine Freundin mit einer anderen Freundin aus unserer Heimatstadt ein Zimmer teilen wollte.

Wir schauten uns immer wieder an, das Taxi, es hörte ja gar nicht auf zu fahren, mein Gott, war diese Stadt groß, mein Gott, so viel Geld fürs Autofahren. So weit aus der Innenstadt heraus.

Die Uhr hörte gar nicht auf zu ticken. Hier ging das Geld weg wie nix.

Aber das Abenteuer hatte begonnen und ich stürzte mich auch kopfüber hinein.

Am Abend lernte ich schon das Nachtleben von München kennen.

Ich begegnete einem süßen, zauberhaften Studenten, einem weiteren Frosch. Er küsste wirklich auch noch so gut dass sogar die Laterne an und aus ging unter der wir es taten.

Er lud mich am nächsten Tag in den "Wienerwald" zum Essen ein.

Mein Verliebtsein war aber schon wieder ausgeliebt, als er nach dem halben Hähnchen getrennte Rechnungen verlangte. Das kannte ich überhaupt nicht. Selbst in meiner Kleinstadt war das nicht üblich, eingeladen war eingeladen.

Das Hühnerbein blieb mir sozusagen im Halse stecken, denn ich hatte mit den anderen nächtlichen Ausgaben vom Vortag, die Hälfte meines Budgets für den Monat schon ausgegeben. Wenn er es nur vorher gesagt hätte! Ein Butterbrot hätte es für mich auch getan. Mit ihm hätte ich von den" Übriggebliebenen" von zu Hause, gern das eine oder andere geteilt.

Er hätte einfach nur küssen müssen.

Für das hätte er genug Reserven gehabt.

Ich konnte mir diesen Studenten, so, einfach nicht leisten.

Daher habe ich nach weiteren Fröschen gesucht, oder wurde von ihnen gefunden und geküsst, und wenn ich mal bei einem Mann genächtigt habe, wo ich gedacht hatte das könnte ein Prinz werden, nie ist mir einer unter mein Höschen gekommen.

Es blieben leider alles nur einfache Frösche.

21 Jahre alt, er 25

Dann kam Peter.

Peter war aus gutem Hause, er sah gut aus, er fuhr

einen tollen Schlitten. Er war ein Möchtegernplayboy, oh ja, charmant war er.

Ich glaube ich fiel gern auf so was herein. Seine Eltern mochten mich auch.

Wir verliebten uns. Er wollte aber nicht nur küssen, natürlich wollte er mehr.

(Mein Gott, war ich naiv!)

Nach zwei Monaten des Herumknutschens, und vierzehn Tage nach meinem 21. Geburtstag nahm Peter mir die Unschuld weg, einfach so...

Es geschah am helllichten Tag.

Wir gingen in sein Appartement, wozu es auch immer gut war, wahrscheinlich nur für solche Gelegenheiten. Natürlich Bogenhausen, (eigentlich wohnte er bei seinen Eltern in einer Villa in Schwabing). 1 Zimmer, Bad, eine große Bar, Sofa, Tisch, und einem großen Bett auf Stelzen, mit einer Leiter zu besteigen. (wenigstens war es originell)

Wir tranken Gemischtes, Cocktails, und er zog mich die Stiegen hinauf. Na ja, ich ging wohl doch freiwillig mit.

Wir küssten uns, was mir ja im Grunde genommen sehr gefiel, ihm aber glaube ich nicht, denn so richtig machte er mir das nie. Er schmuste einfach nicht gern. Da hatte ich Andere, Bessere geküsst.

Dann fing er an, an mir herumzufummeln und mich auszuziehen, und erst als er m e i n e n Slip von m i r trennen wollte fing ich an zu protestieren, was mir aber nichts mehr half. Irgendwie war er weg, und während ich noch überlegte, wollte ich e s jetzt endlich oder nicht, war er schon über mir und," zack", war es auch schon passiert.

Die Unschuld war dahin!

Es tat weder weh, noch war es schön. Es war überhaupt nicht schön. Das hätte ich nicht haben müssen, r i c h t i g e k e l i g, und davon hatte ich auch noch geträumt! Eine herbe Enttäuschung.

Vielleicht war er doch nicht der „Eine" gewesen.

Ich hätte es wissen müssen!

Er küsste ja nicht einmal gut und gern. Recht hatte ich gehabt, hätte ich doch nur auf mein Innerstes verlassen!

Wieder einmal diese Vorahnung!

Alles was man sich von Sex erzählte und was ich davon schon gelesen hatte wie toll das sein sollte, wenn das nun Alles sein würde!

Aber so war es, es w a r Alles.

Küssen war schöner, selbst mit ihm.

Da war ich schon erstmals an den „Richtigen" geraten.

Als er mir nach einer Party im Hause seiner Eltern noch eine „Zweite" mit ins Bett brachte verschwand ich, und kam auch auf seine Entschuldigungen und Bitten nicht zurück.

Zwischendurch hatte ich an manchen Wochenenden Jobs als Fotomodell, um das kleine Zahnarztassistentinnengehalt aufzubessern.

Damals verdienten sich die Zahnärzte noch goldene Zähne, die Angestellten nur die abgebrochenen alten Zahnwurzeln!

Ich hatte auch seriöse Filmangebote, aber ich wollte nie im Rampenlicht stehen. Ich lernte viele von ihnen kennen, Schauspieler, deutsche, amerikanische, Regisseure, Autoren, Reiche, Arme, Studenten, Prinzen, Fürsten, und solche wie mich, wir verkehrten damals alle in den gleichen einschlägigen Nachtlokalen.

Unsere Bevorzugten hießen „Playboy" von Tommy Hörbiger, und „Aleco's".

Aleco machte ein Mal im Monat seine Einladungen zu wilden Partys, (ganz brav natürlich) es wurde aber auch auf Tischen getanzt in Pyjamas, Hula-Röckchen, Lockenköpfchen, gerade wie die Einladungen es vorsahen, und wer dort seine schriftliche Einladung bekam war „in".

Ich war „in".

Er liebte mich, der kleine dicke Grieche, ich gehörte zu seiner engeren Cliquenauswahl. Es waren tolle Feste und tolle Gäste, einfach eine ganz, ganz tolle Zeit.

Ich verliebte mich des Öfteren, allein schon weil ich das Küssen nicht verlernen wollte, aber mein Inneres war nie richtig dabei.

Nach Peter traf ich mich öfter wieder mit meinen Studentenfreunden und -freundinnen, zum Teil auch aus meiner Heimatstadt. Wir waren ein eingeschworenes Trüppchen, welches auch das Kartenspiel „Mau, Mau" bis in die Morgenstunden spielen konnte, mit viel Alkohol und Zigaretten.

Wir m u ß t e n nicht jeden Abend unterwegs sein, aber unser beliebtes Stammlokal war in Schwabing.

Der „Dudelsack", mit deren Besitzerin, Buschi, wir alle befreundet waren.

Zwischen 21 und 22 ,er 32.

Da lernte ich Ihn kennen, den bekannten, berühmt berüchtigten Playboy aus den Magazinen. Meine Vorahnungen hatten mich nicht getäuscht!

Ein Freund machte uns bekannt, im" Dudelsack".

Er hatte eine wunderbar angenehme Stimme, war charmant, witzig, elegant, intelligent, eben ein echter Gentleman.

Er wollte mich, das kleine Mädchen aus O!

Ich war geschmeichelt, ich war hingerissen, ich wusste gar nicht wie mir geschah.

Aber genauso hatte ich es mir vorgestellt in meinen Kleinmädchenträumen. (auch hier hatten mich meine Vorahnungen nicht getäuscht)

Er begutachtete meinen Ring, von meiner Mutter zum 21. Geburtstag, fragte.

Ist das ein Turmalin? Ich bestätigte es. Er sagte,

Dann sind sie ein Wassermann, worauf ich wieder nickte und er,

Der Stein des Wassermanns, er passt wunderbar zu Ihren Augen.

Er hatte einfach den Durchblick! (Wassermannfrau bestes Tierkreiszeichen!)

Wir bummelten die ganze Nacht durch München und wir blieben auch bis zum Morgengrauen zusammen. Wir küssten uns zärtlich, leidenschaftlich, er umarmte mich, er streichelte mich. Er durfte sogar unter meinen Pullover und den BH, (in der ersten Nacht!) er flüsterte mir verliebte Sachen ins Ohr, es war s o schön!

Wir schliefen nicht miteinander, er bedrängte mich

aber auch nicht, vielleicht nur ein ganz kleines bisschen.

Ich war wieder verliebt. Oh Gott, auch noch in einen
so tollen Mann, den, ich glaube, fast Jede damals hätte
haben wollen!

Am nächsten Tag, einem Sonntag, holte er mich vom
Tennisspielen in Schwabing ab, in einem Rolls Royce!
Nie hatte ich damit gerechnet dass e r kommen würde.
Aber er war da, pünktlich und verliebt.

Er nahm mich in die Arme und küsste mich vor allen
Leuten.

Ich sollte mich umkleiden, wir gingen aus, (ich hatte
gar keine großartige Garderobe zum Anziehen)

Mein neuer Chef hatte mir in der Praxis am Stachus
unseren Aufenthaltsraum am Tag zum Übernachten angeboten, da ich noch keine neue Bleibe nach meinem
Arbeitswechsel gefunden hatte.

Hier wohnst du? Pack deine Sachen (es war ja nur ein
Koffer, ich lebte z. Zt. aus ihm,) ab jetzt bleibst du bei
mir. Ich habe eine Wohnung in der Nähe, da kannst du
sofort einziehen.

Ich musste mir einen gewaltigen Tritt versetzen (aber
ich hatte mich auch noch nicht so richtig in das Praxis-
zimmer verliebt.)

Dann hatte ich mich selbst und er mich, überredet.

Ein unbeschreiblicher Wechsel! Ich bereute es nicht
einen einzigen Tag.

Und ab dann waren wir zusammen. In dieser Nacht
und in den Tagen und Nächten, Wochen, Monaten danach hatte ich das Gefühl die Liebe gefunden zu haben.

Er ließ mir z.B. ein Bad ein, eine Mosaikbadewanne für mindestens 4-6 Personen. Er rieb mich ab, er trocknete mich ab, er war zärtlich, er verwöhnte mich. Am Morgen danach zog er mich zum Fenster, betrachtete mich und sagte,

Du bist bei Tageslicht genauso schön.

Wer hört so etwas nicht gern? Ich ja! Es war traumhaft.

Das sagte dieser Mann, ein Mann, der so viele schöne, berühmte Frauen kannte, geliebt hatte, und auch haben konnte. Er sagte das zu mir!

Ich war fürchterlich verliebt, wie sollte ich es auch nicht gewesen sein.

Er hatte sich für m i c h entschieden.

Er fuhr mich auch selbst manchmal zur Arbeit, oder holte mich ab. Das war schon etwas Besonderes in einem Rolls Royce vom Arbeiten abgeholt zu werden, manchmal mit Zähnen, wo Dracula vor Neid noch blasser geworden wäre.

Er war auch einfach ein besonderer Mann mit einem sagenhaften Humor.

Zuerst blieb er nur einige Tage in München. Er besang gerade eine Schallplatte für einen seiner Filme den er fertig gestellt hatte.

Wir hatten eine turbulente Zeit mit viel Spaß.

Aber an den Sex mit ihm kann ich mich überhaupt nicht mehr erinnern. Für mich war Sex eben nicht wichtig, ich hatte ja so gar keine guten ersten Erfahrungen gemacht. Ich wollte lieber geküsst werden, und das tat er gründlich und darin hatte auch ich genug Übung.

Wir tanzten immer zusammen zu: "I left my heart in

San Francisco". Das war unser Lied. Diese Stadt wollte er mir auch zeigen! (Ich habe sie bis heute nicht gesehen.) Wir gingen zum Essen, zu Freunden, in Bars.

Wir wurden von Menschen eingeladen, die sich nur mit d i e s e n Berühmtheiten zeigen wollten, so eine Art Schickimicki Leuten, grauenhaft. Er lachte über sie.

Es w a r ein Film der an mir vorüberlief!

Aber dieses Leben hatte für mich, dem Landei, und für einige andere Dinge viel zu früh begonnen. Ich war völlig unerfahren und viel zu unreif für eine solche Beziehung.

Irgendwann sagte er zu mir ich bräuchte mal einen "Liebeslehrer".

Deshalb kann ich mich vielleicht an den Sex mit ihm nicht erinnern.

I c h war wohl eine Niete im Bett.

Ich habe mich so geschämt, ich war verletzt. Hatte ich irgendwas falsch gemacht? Ich konnte ihm doch nicht sagen, dass ich vor einigen Monaten erst entjungfert worden war, dass e r erst der zweite Mann in meinem Liebesleben war, und dass ich eigentlich überhaupt keine Erfahrungen auf diesem Gebiet hätte. Gerade e r hätte es doch merken müssen!

Ich konnte und wollte es ihm nicht sagen. In diesen Sachen war ich total schüchtern und hätte mich wahrscheinlich wahnsinnig geschämt.

Ich fragte mich nur warum er es nicht sein konnte der mir das beibringen musste was ich ja wohl unbedingt jetzt hätte wissen müssen in meinem Alter.

Er hätte es selber herausfinden müssen. Ich war ja

eigentlich ein unbeschriebenes Blatt, und auch wohl kein Naturtalent in dieser besagten Sache, also sagte ich nichts, und er erfragte auch nichts.

Darüber sprach man einfach nicht. Aber man tat es trotzdem.

Er war nicht so oft wie ich es mir gewünscht hätte in München. Sein Hauptwohnsitz war eigentlich Frankreich.

Er war mit Reisevorbereitungen für einen Film nach Neukaledonien beschäftigt. Bei uns war ein Kommen und Gehen von Regisseuren und Mitarbeitern wenn er da war.

Ich muss sagen, unter diesen Umständen konnten wir unsere Beziehung, wenn das wirklich eine richtige Beziehung sein sollte, nicht so intensivieren wie mit einem „normalen" Mann.

Er war wirklich ernsthaft vielbeschäftigt dieser sogenannte Playboy, obwohl er wohl einer der reichsten Junggesellen Deutschlands war, und ich arbeitete ja auch den ganzen Tag.

Er fragte mich,

Begleitest du mich dorthin? Komm mit mir nach „Noumea", ich möchte dich bei mir haben.

Ich war nicht nur sprachlos, sondern auch ratlos und total verunsichert.

Das war für mich noch einmal Neuland.

Mit einem Mann zusammenzuziehen war schon ein großer Schritt für mich gewesen und nun mit ihm dann auch noch für ein bis zwei oder auch drei Monate auf eine Insel im Pazifik, noch weit hinter Australien, zu verreisen, undenkbar.

Für so etwas hatte ich auch gar nicht die richtige Kleidung, woher hätte ich nur das Geld nehmen sollen (das er so viel mehr davon hatte ist mir überhaupt nicht in den Sinn gekommen, auch nicht, dass er mich dafür vielleicht einkleiden würde).

Für mich zählte er nur als der Mann in den ich mich verliebt hatte, genau so wie er war.

Ich war noch nie mit einem Mann, nicht einmal einen Tag, geschweige denn ein Wochenende verreist gewesen. Ich kannte ihn ja noch gar nicht so lange. Außerdem, so sagte ich ihm, müsse ich ja arbeiten, ich könne meinen Chef nicht einfach im Sich lassen.

(die Erziehung: Wein ist Wein und Schnaps ist Schnaps).

Und dann meine Mutter! Oh Gott, die dürfe das erst gar nicht wissen!

Ich müsse auch nicht mehr arbeiten sagte er und stellte mir so ein Ultimatum. Wenn ich nicht bereit wäre mitzukommen müsse er eine Andere mitnehmen.

Ich war geschockt, enttäuscht, noch einmal verletzte er mich. Ich konnte das alles einfach nicht glauben. Das konnte es doch wohl nicht sein! Ich dachte wir hätten uns wirklich ineinander verliebt.

So schien es auch, ich war sicher, so war es auch.

Einige Male wollte er mich noch überzeugen in den nächsten Monaten, vielleicht konnte er es ja auch nicht glauben.

Meine streng katholische Erziehung konnte es jetzt aber auch nicht mehr sein, die war ja sowieso schon ins Wanken geraten, ich hatte ja schon gesündigt.

Ich lehnte sein, im nach hinein weiß ich es auch, tolles Angebot, rundweg ab.

Vielleicht hätte er mir dort die Sterne vom Himmel geholt und mir das Lieben oder den Sex beigebracht. Ich liebte ihn ja, aber ich gab i h m nicht einmal eine Chance dazu.

Irgendwann war es so weit, er reiste ab und ich blieb da.

So einfach ging das.

Nach ungefähr einer Woche kamen einige wirklich dumme, Schickimicki Menschen daher, und kündigten mir die Wohnung sofort, angeblich auf seine Anweisung hin, man brauche sie anderweitig.

Ich konnte es nicht glauben.

Er hatte mich abgeschoben; ich musste ihn wirklich sehr verletzt haben, und diese sogenannte Schickimicki Gesellschaft konnte ich sowieso nie ausstehen und hatte auch nie das Bedürfnis dazu gehören zu wollen.

Ich kam mir vor wie ein Flittchen, und so behandelten d i e mich auch, beschämend.

Nie wieder bin ich zu einem Mann gezogen. Das sollte mir nicht noch einmal passieren, das war mir eine Lehre.

Ich hatte nicht einmal ein einziges Geschenk von ihm angenommen. (meine Mutter hätte gesagt: Dummheit und Stolz wachsen auf einem Holz)

Aber aus seinem übergroßen Fundus hatte ich meine Lieblingsschallplatte von Frank Sinatra "Where are you" mitgehen lassen, quasi gestohlen.

Ich glaube mich erinnern zu können, dass sie ein persönliches Geschenk von Mr. Sinatra an ihn war.

Ich hatte kein schlechtes Gewissen dabei.

Erstmals hatte ich aber richtigen, schmerzhaften Liebeskummer.

Warum hatte ich dieses einmalige Angebot dieses außergewöhnlichen Mannes ausgeschlagen? Ich wusste es selbst nicht.

Natürlich wusste ich es, ich hatte nicht den Mut zu so etwas. Vielleicht wäre ich dem allen nicht gewachsen gewesen. Wenn die Sache nun schief gegangen wäre!

Ich sah mich schon in Gedanken diesen weiten Weg von Australien zurück schwimmen, ich träumte es sogar.

Es war kein beglückender Traum, eher ein Alptraum.

I c h hatte mich gegen ihn entschieden.

Er hatte wahrscheinlich auch noch nie vorher eine Absage bekommen, und da kam so ein kleines Ding vom Dorf und erteilte ihm eine.

Vielleicht konnte er das auch nicht so schnell verarbeiten, vielleicht hatte ich aber auch nur sein Ego verletzt.

Wir sahen uns nach einigen Monaten noch ein Mal, zufällig.

Die" Liebe" war ausgeträumt.

Ich wollte auch keinen extra Liebeslehrer.

23 Jahre alt

Einige Monate später traf ich auf der Kegelbahn eines Bekannten dessen Freund.

Es war d e r Mann, der mein ganzes bisheriges Leben umkrempelte.

Schon der Klang seiner Stimme, bayerisch, seine Augen, braun. Sein Auftreten natürlich wahnsinnig charmant. E r erweckte mich wieder.

Es war Liebe auf den ersten Blick. Mit viel Herzklopfen und auch Herzeleid.

Schon damals habe ich geahnt, dass das eine ohne das andere nicht auskommen kann.

Franz war ein bekannter Münchener Architekt, gut aussehend, groß, nicht direkt schlank. Für mich war er d e r Mann! Leider war er, wie auch immer verheiratet, verheiratet! Das war das Einzige was nicht in mein Bild passte.

Er war 23 Jahre älter als ich.

Das machte mir aber am wenigsten aus, ich konnte mit jungen Männern, außer mit ihnen befreundet zu sein, sowieso nicht viel anfangen.

(Mutter sagte, nachdem sie nach zwei Jahren meine Liaison herausfand: Vaterkomplex, unmöglich, verheiratet, stell dir vor, wenn irgendjemand das in O. erfährt!)

Mit 46Jahren war er im besten Mannesalter.

Wir liebten uns und wir blieben zusammen.

Unter der Woche sahen wir uns fast jeden Abend, wir gingen sehr oft bis zum frühen Morgen aus. Vor allem auch die Generation meines Freundes die den Krieg so jung schon mitgemacht hatten, sie wollten alle etwas vom Leben zurückhaben.

Das war jetzt auch mein neuer Bekannten- und Freundeskreis, fast alle in seinem Alter und fast alle mit jungen, wechselnden Geliebten, die e r auch vor mir gehabt hatte.

Die Wochenenden verbrachten wir gemeinsam in meinem 1-Zimmer Appartement, mit Extraküche und einem eingebauten Nieschenbett.

Es war ein schönes Leben mit ihm. I c h war sein „Lottotreffer" (sagte e r)

Bei der Ausschreibung" Münchener Olympiawettbewerb für Architekten" wurden er und sein Kompagnon mit dem 3./ 4. Platz ausgezeichnet. Ich fand natürlich, sein „Modell" war einfach das Beste, und wurde dementsprechend auch hoch gelobt. Nur leider war das geschäftlich eine absolute Pleite.

Dann, bei den Olympischen Spielen, fühlte ich mich zwischen den weltbesten Spitzensportlern und der übrigen Prominenz gut aufgehoben, ich gehörte einfach dazu.

Ich lernte "Gott und die Welt" kennen, viel auch auf Reisen, in kleinen Teilen der ganzen Welt. Wir gingen Skifahren in St. Moritz, nach Zürs an den Arlberg. In Kitzbühel hatten wir im Winter eine Mietwohnung.

Das Skifahren, das ich ja auch noch erst erlernen musste, hatte ich bald gepackt. Im Sommer gingen wir zum Segeln, Tennisspielen, wandern, später zum Golfspielen.

Ich hatte keinerlei Verpflichtungen wie waschen, kochen, bügeln,(was ich natürlich alles bei Mutter gelernt hatte, kochen konnte ich schon immer besonders gut, und ich liebte es).

Franz aß und trank gern und ich bekochte ihn mit meiner ganzen Liebe.

Ich ging weiterhin pünktlichst zur Arbeit, und zahlte auch meine Miete selbst. Seine Geschenke nahm ich allerdings dieses Mal gern und mit Freuden an.

Der Sex mit ihm war so wie e r sich Sex vorstellte, aber ich konnte das ja auch nicht besser beurteilen, selbst nach den Monaten mit Peter und G.nicht.

Seine bevorzugte Position war in der Löffelchenstellung. Das war wohl bequemer für ihn mit seinem mal kleineren mal größeren Bauch. Ich wäre s o gern d a b e i geküsst worden, aber da hätten wir uns ganz schön verrenken müssen.

Einmal wünschte ich mir, schriftlich, zu Weihnachten nur die „Missionarsstellung".

Bekommen habe ich eine Stereoanlage.

Er nahm mich einfach nicht ernst genug.

Meinen ersten Orgasmus hatte ich zufällig.

Die Verhütung, eigentlich ein Tabuthema, die ich auch nicht kannte, stammte von Franz.

Danach, mit dem abgeschraubten Brausekopf fest ausspülen! Das tat ich auch, aber einmal wohl etwas zu lange, und ich spürte eine völlig unbekannte Lust in mir aufsteigen, spülte natürlich fleißig weiter. Dann hatte ich das Gefühl als ob ich mich auflösen würde.

Ein wahnsinniges Gefühl!

Mein Kopf war voll vernebelt, fast wäre ich dabei in meiner Sitzbadewanne in Ohnmacht gefallen.

Das war es also, was ich in einschlägigen Büchern gelesen hatte,

Orgasmus!

Selbstbefriedigung und Petting, leider auch Verhütung, waren mir unbekannt. (in dieser Hippie-Periode!)

Ich war ein toll aufgeklärtes Mädchen!

Ein Blumenkind war ich auch nicht in dieser Flower-Power-Zeit. Ich war zwar ein Freigeist, die Zeit des "Aquarius" (eigentlich meine Zeit), aber ich protestierte nicht auf den Straßen von München.

Ich war ein Mädchen vom Land, aus gutem Hause,

so viel Freiheit, und so viel freien Sex, ich brauchte das
nicht.

Ich hatte Franz und ich liebte ihn, er war der Einzige,
zehn Jahre lang, obwohl es an Gelegenheiten, Angeboten
und Verlockungen bestimmt nicht gefehlt hatte.

Mir gefiel mein Leben, ich liebte i h n und er m i c h,
uneingeschränkt.

Ich war 33 Jahre alt 1976, er 43.

Ich lernte J.P.C bei einer Fernsehsendung kennen, die
ein Freund von mir im ZDF aufzeichnete.

Wir wurden uns von dem Vater meines Veranstalter-
freundes vorgestellt.

Ich hatte diesen französischen Schauspieler, Sänger
und Tänzer schon einige Male auf der Leinwand gesehen. Er war groß, größer als ich ihn mir vorgestellt hatte,
(auch seine Nase).

Zuerst faszinierte mich nur seine Stimme. Er sprach
englisch mit einem kleinen französischen Akzent, Französisch war meine Lieblingssprache.

Es war eine Anzahl von Menschen da die begrüßt
werden mussten, und ich verlor ihn einige Zeit aus den
Augen.

Beim Abendessen saßen wir uns aber direkt wieder
gegenüber und unterhielten uns, in Englisch.

Ich, am Anfang noch recht holperig, je mehr ich trank
wurde meine Aussprache und mein Wortschatz meiner
Meinung nach immer perfekter, ich kramte sogar einige französische Brocken aus meiner Schulzeit heraus.

Dann erzählte, übersetzte ich auch deutsche Witze ins Englische, was bestimmt ganz furchtbar war, denn die Pointen kriegte ich nicht immer so ganz auf die Reihe in dieser Sprache.

Trotzdem, wir lachten und alberten herum, und verschlangen uns mit den Augen. Ich fühlte mich einfach super, wie aufgedreht, witzig. Und er war so voll überschäumenden Lebens.

Er hatte eine irre erotische Anziehungskraft auf mich, ich konnte mich nicht dagegen wehren. Das geschah zum ersten Mal in meinem Leben. (das mit der Erotik) Wir flirteten auf Teufel komm raus und es knisterte nicht nur, sondern es brannte gleich!

Auf einmal, jetzt auf einmal wusste ich es, das Flirten mit einem fremden Mann der mir gefiel, ohne dass mein Freund dabei war, hatte mir schon lange Zeit gefehlt.

Wir schauten uns immer häufiger an. Er hatte wunderschöne blaue Augen und ein Lächeln!, mit zwei langen Falten von der Nase bis zum Mund.

Ich fing an mich in ihn zu verlieben. Es ging ihm, glaube ich, nicht anders.

Diese Blicke blieben natürlich Vater F. nicht lange verborgen und er sagte zu J.P.

Unsere Freundin Inka gefällt dir wohl auch, ist sie nicht eine Mischung aus Catherine Deneuve und Farah Fawcett? Ich wurde ganz rot. J.P. schaute mich lächelnd an.

D i e s e Augen hat aber keine Andere. (er kannte die beiden Anderen wohl persönlich).

Meine Röte vertiefte sich, ich wurde immer verlegener.

Er sah mich an, und ich konnte mich nicht mehr aus seinem Blick befreien.

Ich hatte mich schon an ihn verloren, nur da wusste ich es noch nicht.

Nach dem Offiziellen, es war noch nicht so spät, hatten wir uns zu viert zu einem Barbummel durch München entschlossen. F., J.P., eine Journalistin und ich.

Wir tranken viel, wir lachten viel, wir tanzten viel, und d e r konnte tanzen!

Sein Mund streifte immer öfter "zufällig" meine Ohren, meine Schläfen, er zog mich fest an sich. Ich spürte ihn, es rieselte an meinem Körper entlang.

Wenn er mich jetzt geküsst hätte, ich hätte mich nicht einmal mehr wehren können.

Lang, dachte ich, kann ich das nicht aushalten.

Wir schauten uns immer intensiver, wie hypnotisiert an, wie das Kaninchen und der Jäger, aber wer war hier jetzt das Kaninchen und wer der Jäger?

Wie konnte das alles so schnell geschehen?

Ich dachte nicht an meinen Freund, der nicht mitgekommen war, obwohl er eingeladen gewesen war.

Meine Gedanken drehten sich nur noch um i h n. Seine tiefen Einblicke in meine Augen und seine Anziehungskraft auf mich machten mich schwindelig.

Ich w a r e i n f a c h n u r w e g!

Später lieferten wir J.P. in seinem Hotel ab. Er flüsterte, Bitte Inka, komm zu mir zurück!

Meine Augen verrieten es ihm.

Die Schmetterlinge in meinem Bauch, die schon die ganze Zeit herumgeschwirrt waren, jetzt überschlugen sie sich fast, sie wollten alle auf einmal in ein Nest. Als

dicker Klumpen setzten sie sich in meiner Magengrube
fest.

Ich überlegte überhaupt nicht, ich fuhr innerlich zitternd, mit meinem alten VW, brav, F. und die Journalistin zu ihren Autos in die Innenstadt. Für d i e Zwei
fuhr ich ja auch nach Hause.

Wundervolle Zeiten man konnte in der Nacht noch
ohne Polizeikontrollen, mit Alkohol im Blut, durch
Münchens Strassen fahren, ich raste.

Ich hatte niemals einen richtigen Orientierungssinn,
fand die Strecke zurück zu seinem Hotel aber wie im
Schlaf, als ob ich von einem Faden geleitet worden wäre.
Ich parkte irgendwo. Ich hätte mein Auto mitten auf der
Strasse, aber auch einfach vor dem Eingang des Hotels
stehen lassen.

Es war mir egal, ich wollte nur zu i h m!

Der Nachtportier meldete mich an.

Mir wurde die Zimmernummer mitgeteilt und ich ging
zum Lift. Hier hatte ich vor lauter Aufregung diese Zahl
schon wieder vergessen. Zurück zur Rezeption, neuer
Anlauf. Ich landete im zweiten Stock statt dem dritten.
Jetzt hatte ich auch noch das Stockwerk verwechselt,
und suchte dort, und klopfte dort. Keine Antwort zum
Glück, aber auch keine anderen Gäste die ich zu nachtschlafender Zeit geweckt hätte.

Oh Gott, wie peinlich, ich musste noch einmal an die
Rezeption wo mir jetzt, mit hochgezogenen Brauen, ein
lebendiger „Zimmerzeiger" mitgegeben wurde. Ich wäre
fast vor Scham im Erdboden versunken.

Aber nur fast, ich wollte nur zu i h m.

„Er" wartete schon in der geöffneten Tür, zog mich ins Zimmer,

Endlich, wo warst du so lange? Ich warte schon Ewigkeiten auf dich!

Ich stolperte mit meinen "Pensato" Plateauschuhen direkt in seine Arme und in stotterndem Englisch erzählte ich ihm von meinen "Verlaufenstorys" in den Stockwerken.

Er hatte ein unverschämtes Lachen!, und ich meinte wohl ich wäre betrunken. Er schüttelte den Kopf,

Nein, das bist du bestimmt nicht.

Und doch war ich`s, von was auch immer.

Er fiel nicht über mich her, er riss mir nicht die Kleider vom Leib wie ich es in Filmen gesehen hatte.

Er strich mir die Haare aus der Stirn, schaute nur in meine Augen. Seine Hände in meinen Haaren zogen mein Gesicht enger zu sich heran. Sein Mund kam dem meinem immer näher und ich verlangte nach ihm, ich e r s e h n t e ihn, ich wollte seine Lippen j e t z t e n d l i c h spüren.

(hatte ich mich dieses Mal auch nicht getäuscht? Bitte, lass e r es sein!)

Dann küsste er mich, ganz sanft, unheimlich zärtlich,

Das habe ich schon den ganzen Abend gewollt. Dein Mund, deine Lippen, deine Augen haben mir verraten wie verführerisch köstlich deine Küsse sein würden.

Und auch ich hatte es bei seinem ersten Kuss gewusst, e r war es, e r, auf den ich immer so sehnsüchtig gewartet hatte.

Und dieser Mann konnte küssen!

Wir küssten, küssten und küssten uns. Ein himmlisches Gefühl, eine ganz besondere, erregende Intimität mit und in meinem Mund.

Alles drehte sich um mich und ich fragte mich ob ich jemals so etwas Schönes empfunden hatte.

Er erkundete mit seiner Zunge meine Zahnreihen (fehlte da vielleicht einer ohne mein Wissen?), meinen Mund innen wie außen, meine Ohren meine Augen, nichts blieb unerforscht.

Meine Beine fingen an zu zittern, ich wurde feucht und feuchter im Schritt. (:oh Gott, dachte ich, meine Blase!)

Eine Erregung wie ich sie noch nie vorher gespürt hatte breitete sich in mir aus.

Er zog mich in Richtung Bett und ich erschrak,

Bitte, n e i n, nein, d a s möchte ich nicht!

Genau mit diesen Worten. Es klang so furchtbar kindlich, und so fühlte ich mich auch.

Er nahm mein Kinn in seine Hand, schaute mich mit einem amüsierten Lächeln seiner unglaublich blauen Augen an.

Ich glaube wir haben uns doch beide so sehr gewollt, nicht wahr?

Bis dahin hatte ich mir überhaupt keine Gedanken gemacht aus welchen Gründen ich unbedingt zu ihm zurückfahren wollte. Es zog mich einfach dort hin. Ich wusste, es war nicht der Alkohol, ich wollte nur bei i h m sein und von i h m g e k ü s s t werden.

Es war bestimmt Magie, ich schwebte.

Meine Arme schlangen sich wie automatisch um seinen Hals, und ich spürte seinen Herzschlag durch sein Hemd und meines hämmerte ihm wie wild entgegen.

Ohne seine Lippen von mir zu lösen hob er mich hoch und trug mich zum Bett. Er vergrub sein Gesicht an meinem Hals, reizte mich mit seiner Zunge und verführte mich mit seinen Händen, sie schienen mir überall zugleich zu sein.

Dann kamen wieder d i e s e Küsse die mich so unendlich schwach machten, ich hätte in seinen Küssen ertrinken wollen.

Er war ein Meister darin, kein „Meisterlein", das konnte ich immerhin noch beurteilen, ich hatte ja vor ihm mehr als zahlreiche Frösche getestet.

Ich konnte überhaupt nicht mehr denken.

Er w a r es, auf den ich in meinen Träumen immer so sehnsüchtig gewartet hatte, und ich wurde so geküsst wie ich es mir gewünscht hatte in diesen meinen Träumen. S o hätte ein Mann immer küssen sollen!

Und ich legte mein ganzes Herz und meine Seele in m e i n e Küsse, und sein Mund und seine Hände waren unbegrenzt an mir. Ich merkte gar nicht, dass er mich schon halb ausgezogen hatte als er sich meinen Schuhen zu widmen begann.

Er kniete vor dem Bett, er machte die S c h n a l l e meines rechten Riemchenschuhes auf und ich dachte,

Du musst das Riemchen doch einfach nur über die Ferse streifen.

Ich schwieg und fieberte. Er vollführte das gleiche Ritual auch mit dem linken Riemchenschuh. Dann begann er meine Zehen und meine Füße mit seiner Zunge zu liebkosen und sie mit Küssen zu bedecken.

Sonderbare, noch erregendere Gefühle zogen in meine Leisten, eine Gänsehaut hatte sich auf meinen Oberschenkeln breit gemacht, unruhig rutschte ich hin und her.

Er bewegte sich dann weiter hinauf bis zu meinen Knien, die ich schlotternd aneinandergepresst hielt.

Das hatte bisher noch niemand getan.

E r war so weit weg von mir, ich wusste gar nicht was ich mit meinen Händen oder dem Oberkörper machen sollte. Irgendwie lag ich schrecklich verloren da. Die Schamröte hatte sich schon wieder an meinem Hals heraufgearbeitet und meinen Kopf erreicht.

Er schaute auf und sah mein erschrockenes Gesicht, kam, legte sich an meine Seite, nahm mich zärtlich sanft in seine Arme.

Oh Gott, du schämst dich ja, du zitterst. Lächelnd,

Du wirst doch keine Angst vor mir haben, ich will dich doch nur lieben. Du willst es doch auch?!

Lass es einfach geschehen, es wird wunderschön werden, vertrau mir.

Allein diese Aussage, und das mit dieser samtenen, wundervollen, mit französischem Akzent klingenden Stimme und seinen Küssen.

Mein Herz krampfte sich zusammen. Es ließ mir keinen freien Willen mehr.

Zögernd, und mit nur noch einem ganz klein wenig Hilfe von ihm, ließ ich ihn meine Beine spreizen. Eigentlich wollte ich mich überhaupt nicht mehr sträuben, (ich war ja lernfähig, und unheimlich erwartend) und er streichelte sich küssend weiter nach oben.

Er schob seine Arme unter meine Oberschenkel, zog mich etwas näher zu sich heran und hob ganz leicht mein Becken an.

Trotz dieser schamlosen Gefühle die in mir aufgestiegen waren, schämte ich mich ohnegleichen. Mein Höschen hatte sich wohl schon ganz von selbst ausgezogen als sein Kopf zwischen meinen Schenkeln verschwand.

Mit jeder Faser meines Daseins spürte und fühlte ich dann die ersten Berührungen seiner Zunge wie elektrische Schläge. Ich wand mich stöhnend unter diesen Gefühlen. Der Strom durchfuhr meinen Körper, von dort unten angefangen. Alle Glocken läuteten, meine Körperhaare stellten sich auf, eine Gänsehaut überlief meine Kopfhaut.

Mein Herz setzte sich an einen anderen Fleck, es rutschte dahin wo e r war.

Es klopfte zwischen meinen Schenkeln!

Niemals zuvor hatte sich ein Mann für ein längeres Vorspiel die Zeit genommen. Ich kannte das nicht, und auf diese Art schon überhaupt nicht, auch hatte ich nie davon gelesen.

Nachdem mich mein Schamgefühl einfach so verlassen hatte, und das ging für meine Vorstellungen viel zu schnell, fing ich an seine Liebkosungen an dieser Stelle zu genießen, verlangte mehr und mehr von ihm, weil immer mehr neue, unbekannt aufreizende Empfindungen durch meinen Körper jagten.

Ich konnte gar nicht genug davon bekommen.

Er beendete diese wundervollen, von mir neu entdeckten, "Zärtlichkeiten" erst, als ich mich tief schluchzend aufbäumte, da dieses "Brausekopfgefühl" an den hinteren Oberschenkeln hochzusteigen begann, durch die Lenden den Rücken heraufzog und ich nur noch flüstern konnte

Bitte, bitte J.P. komm zu mir.

Sein Kopf tauchte aus meinem Schoß auf, und unter seinen leidenschaftlichen Küssen murmelte er,

Du schmeckst himmlisch,

und ich schmeckte mich selbst in seinen Küssen, schmeckte d a s himmlisch?

Er nahm meine Arme hoch und verknüpfte seine Hände über meinem Kopf mit den seinen.

Ich fühlte mich ausgeliefert und nackt, ich zitterte ununterbrochen, mein ganzer Körper war in Aufruhr. Seine Augen und seine Lippen suchten immer wieder die meinen, die auch jedes Mal sehnsuchtsvoll von mir erwartet wurden. Die Wärme seiner Zunge erfüllte meinen ganzen Mund und unsere Zungen spielten das gleiche Spiel.

So etwas hatte ich mir in meinen kühnsten Träumen nicht einmal vorstellen können.

Mein Herz klopfte zum Zerspringen, dann brach es auf. Alles in mir öffnete sich diesem Mann, als wäre nur e r für mich vorbestimmt gewesen.

Er schaute mich die ganze Zeit an.

Bitte, lass deine Augen auf, ich möchte sehen was du jetzt fühlst, flüsterte er.

Ein Schauer nach dem anderen überlief meinen Körper, er bebte nun ganz unkontrolliert, ich fühlte mich noch schutzloser. Aber als ich hilflos in seine Augen blickte und der Erregung in seinem liebevollen Blick begegnete, ersehnte ich ihn noch mehr, wenn es das überhaupt gab.

Hatte er d a s sehen wollen, oder hatte er meine Reaktion sehen wollen als er langsam und gefühlvoll in mich eindrang?

Ich wartete auf den Schmerz den ich jedes Mal dabei verspürt hatte. Doch da gab es kein Hindernis, da war kein Schmerz.

Es war so unendlich schön, so vollkommen unbekannt berauschend, so in mich einfügend. Bisher hatte ich dafür noch keine Worte gefunden. (vielleicht wäre paradiesisch passend gewesen)

Und ich begehrte ihn wie noch niemanden zuvor in meinem Leben.

Ich rang nach Atem, meine Finger verkrampften sich in seinen Händen.

Es war wie ein Seebeben. Die Wellen stiegen von Mal zu Mal höher.

Er bewegte sich irgendwie kreisend in mir bis ich es nicht mehr aushalten konnte. Er hatte einen Punkt berührt wo die Gänsehäute der Lust in mir anschlugen, meinen Körper hinaufzogen, sich in meinem Kopf verbreiteten um sich dort wie in einem irren erlösendem, traumhaften Feuerwerk wieder zu entwirren. Es ließ schwarze flimmernde Sterne vor meinen Augen zurück.

Meinen stöhnenden Schrei verbiss ich in seiner Schulter. S e i n e Lust nahm ich nur entfernt wahr.

Irgendwann hörte ich mich schluchzen. Er hielt mich in seinen Armen, wiegte mich liebevoll hin und her, beruhigend,

Scht, scht...

wie zu einem kleinen Kind. Und ich spürte seinen Mund auf meinem Mund, auf meinen Augen, an meinen Schläfen. Er küsste mir die hinunterlaufenden Tränen weg. Wieso weinte ich eigentlich? Und als ich i h n anschaute, hingebungsvoll, folgerte er,

Genau so hatte ich es in meinen Gedanken über dich schon vermutet. Du bist anders als du es zu sein vorgibst, du bist verschämt und schüchtern trotz deiner großen, verträumten Kinderaugen, die so unverschämt verführerisch flirten können, er lächelte mich zärtlich an. Staunend,

Du hattest die Liebe ja noch gar nicht richtig kennengelernt, a l l e s   d a s war dein e r s t e s Mal nicht wahr?

Ich schloss die Augen, war d a s wirklich geschehen? Seine Augen suchten wieder die meinen die auch n u r i h n anschauen wollten.

Ich bin glücklich, dass ich es sein durfte der dich erweckt hat. Du bist eine zauberhafte Geliebte. Zärtlich küssend,

War es schön für d i c h Cherie? (warum musste ich nur immer so schnell verlegen werden bei ihm?)

Und ich wusste, das e r es wusste, das dieses mein erster Orgasmus mit einem Mann gewesen war und das er es war der meine Sehnsüchte und mein Verlangen Wirklichkeit hatte werden lassen. Er sagte,

Unglaublich, sagte er dann,

Du bist wundervoll oder du bist voller Wunder. Ich weiß es nicht mehr. Er ließ mich nicht mehr aus seinen Armen.

Ich schlief einfach ein.

Wie hatte ich überhaupt schlafen können in seiner Nähe?

Ich spürte ihn hinter mir. Seine Arme um mich, Körper

an Körper, Haut an Haut, ich spürte seine Männlichkeit von hinten an meinen Schenkeln und von vorn seine Hand, die mich sanft und animierend streichelte. Eigentlich wollte ich nicht wach werden.

Ich träumte das Gefühl einer unendlichen Unwirklichkeit.

Seinen Mund in meinem Haar vergraben raunte er meinen Namen.

Inka, gefühlvoll weich, französisch.

Inka, er ließ diesen Namen fast auf der Zunge zergehen. Er liebkoste meinen Nacken, er nannte mich Belle, ma Petite, mon Amour. Wieder lief diese Gänsehaut kalt unter meinen Haaren hindurch.

Cherie, komm, bitte wach auf, lass es uns noch einmal versuchen.

Sofort war meine Bereitwilligkeit geweckt. Schon spürte ich dieses herrliche Prickeln. Es war alles so neu für mich. Er küsste sich den Rücken hinauf und herunter, streichelte mich vom Haaransatz bis zur Mitte meiner Schenkel. Bewundernd,

Deine Schultern sind so breit wie die einer Sportlerin, dein Rücken ist absolut vollkommen.

Ich konnte nicht glauben, dass meine Rückseite so schön sein sollte und vor allen Dingen, dass sie so empfindsam reagieren konnte.

Seine Hände, seine Lippen, seine Zunge ließen meinen ganzen Körper vibrieren, und ich vergrub mein Gesicht in das Kopfkissen um ihn meine gestammelten Worte nicht hören zu lassen.

Diese ganzen Vibrationen lösten ein köstliches, drängendes Ziehen in meinem Becken aus und endeten immer nur an einer einzigen klopfenden Stelle. Dann entdeckte er meine Brüste und amüsierte sich köstlich über meine „eisernen" Brustwarzen, die er, nachdem er mich herumgedreht hatte auch ausgiebigst, und mit voller Lust seiner Zunge, umrundete, und die schon die ganze Zeit s o, und auf Zärtlichkeit hoffend herumgestanden hatten.

D i e s e immer noch so unbekannten Gefühle kamen wieder von unten heraufgestürmt und ich atmete lauter und schneller. Seine Hand glitt behutsam erneut zwischen meine Beine, ich spürte sie an und in mir.

Er spielte mit seinen Fingern wie ein Künstler sein Instrument; und er spielte es so gefühlvoll und so grandios!

Die Erregung packte mich sofort wieder.

Seine Lippen waren so wie ich sie mir erträumt hatte, weich fordernd, zärtlich aber verlangend, und ich fügte mich in alles was er mit mir machte. Er wagte mit mir ein Liebesspiel das ich nie vorher so kennengelernt hatte.

Und ich erkundete seinen Körper, sehnig und schlank. Seine Haut unter meinen Händen. Ihn zu streicheln, ihn zu berühren war so wunderschön, fühlbar sinnlich für meine Fingerkuppen und für mich, ich konnte gar nicht mehr damit aufhören.

Diese Ekstase floss auch in ihn hinein, er stöhnte laut. Ich tat Dinge, die ich noch nie, oder nie freiwillig gemacht hatte, mit einer leidenschaftlichen Selbstverständlichkeit und Hingabe die seine Erregung noch steigerte; sein Atem ging stoßweise.

Und ich durchlebte Intimitäten mit ihm, von denen ich nicht einmal geahnt hatte dass es sie geben konnte.

Das i c h mich s o scham- l o s aufführen konnte!

Aber was hatte ich bisher auch schon über Sex gewusst?

Dieses Mal war sein Eindringen in mich schon wie ein eigener kleiner Orgasmus. Mich ihm hinzugeben war so einmalig schön, sanft und doch voll erregend, nichts Vergleichbares hatte ich je verspürt, es war f a s t ergreifend.

Meine Tränen saßen schon wieder ziemlich locker.

Wie konnte ein Mann so gefühlvoll sein. Hatte er eine Schule für Verführer besucht? Gab es das überhaupt?

Ich war auf einer mir völlig unbekannten Reise. Einmal war er oben dann war ich es, wir rollten das Bett hinauf und herunter, diese endlosen Zärtlichkeiten und Küsse tauschend.

Mit ihm war einfach alles so vertraut, lustvoll, lüstern, ich hatte gar keine Hemmungen mehr.

Hatte ich ihn wirklich erst kennengelernt? Es schien mir schon so weit in der Vergangenheit zu liegen. Niemals hatte ich mich einem Mann so nahe gefühlt.

E r war himmlisch!

Ich flüsterte Dinge die ich vorher nie zu sagen gewagt hätte, (ich hatte auch nie Anlass dazu gehabt) und zwischen unseren Küssen flüsterte er französische Worte, Sätze, die ich nicht ganz verstand, aber ich verstand sie doch, in Bruchstücken, oder reimte sie mir zusammen.

Es hörte sich herrlich erotisch, anregend erregend und geheimnisvoll an.

Er ließ sich Zeit mich in höchste Verzückung zu versetzen, und er ließ mir Zeit mich unter seinem Liebesspiel erschaudern zu lassen. Und als ich soweit war, und wie erregt er auch immer gewesen sein muss, er wartete auf mich, nahm mich mit sich in eine andere Welt.

Er legte meine Beine um sich herum, ein noch vertrauteres, intimeres, unbekanntes Zusammensein, so wundervoll, so vollkommen Eins, und wir erlebten diesen ganzen traumhaften Orgasmus wieder zusammen.

Er schaute mich dabei an! Seine Augen waren voller Liebe und Genuss.

Und dann erst diese Küsse d a n a c h, einfach nur himmlisch zärtlich, unbeschreiblich, durchdringend bis in mein Innerstes.

Sollte es so sein zwischen einem Mann und einer Frau wenn man sich liebte, oder war nur e r so?

Als ich die Augen aufmachte, er war über mich gebeugt, (war er denn nie müde?) schaute ich direkt wieder in die seinen hinein. Sie waren blau, immer noch so unendlich blau. Ernst - fragend, auf irgendetwas hoffend?, dann zärtlich - lächelnd.

Hatte er gesehen was er sehen wollte?

Ich schaue dich die ganze Zeit an. Inka, mit diesen großen, smaragdgrünen Traumaugen und diesen ewig langen Wimpern, du hast mich vom ersten Augenblick an gefangen genommen. Ich habe es gewusst, du b i s t etwas ganz Besonderes.

Als ich schwieg und ihn immer nur ungläubig anstarrte als ob er so etwas wie ein Geist wäre, sagte er,

Bitte, sprich mit mir, sag` etwas zu mir.

Und ich streichelte sein Gesicht, seinen Mund, seine Nase, fuhr mit den Händen durch seine gelockten Haare. Ich liebte dieses Gesicht, und ich sagte genau das, was ich in dieser Minute gedacht hatte,

Ich liebe e s wie du mich liebst!

Er lachte leise, dieses, sein einzigartiges, bezauberndes zärtliches Lachen, nahm mich in seine Arme, drückte mich an sich.

Oh, Inka Cherie!

Er küsste mich ausgiebig. Ein Schauer lief mir den Rücken entlang.

Jahrelang hatte ich mich nach s o einer Küsserei verzehrt, jetzt endlich hatte ich d e n Mann dazu gefunden.

Ich hatte es g e w u ß t, ich würde i h n finden!

(oder hatte e r m i c h gefunden?)

Und du bist außerordentlich begabt für die Liebe wo du doch gerade erst anfängst sie richtig zu entdecken. Mit dir erlebe ich mich auch wieder ganz neu. Es ist wundervoll dich in den Armen zu haben, mit dir und dich zu lieben.

Welche Eltern haben dich nur s o gemacht, wer hat dich s o werden lassen so unwahrscheinlich liebevoll, so zärtlich und dabei so sinnlich?

Lieber Gott, lass diese Nacht nicht zu Ende gehen, oder lass es bitte noch mehr dieser Tage und Nächte geben!

Warum hatte mich nur zuvor keiner so geliebt, warum hatte keiner zugelassen mich so hilflos, so unendlich glücklich zu fühlen.

Warum konnte e r nicht der erste Mann in meinem Leben gewesen sein, der Erste und Einzige, den ich bis in alle Ewigkeiten geliebt hätte?

Vielleicht sollte ich auch erst so alt werden und so lange warten müssen um dieses Spiel richtig zu genießen, mit ihm.

Ich glaube er hat mich in den Schlaf geküsst.

Ja, ich kann mich ganz genau erinnern, das hat er getan!

Das Telefon läutete.

Mein Kopf lag auf seiner Schulter, an seinem Hals an seinem Gesicht. Seine Arme lagen, mich immer noch umarmend, so wundervoll liebevoll, so zärtlich wärmend, um mich herum. (oder war es der Sommer?)

Ich wusste von dem Abschied. Ich wollte es nicht wissen!

Ich versteifte mich in seiner Umarmung.

Das Flugzeug nach Paris!

Bitte nein, lass` es noch nicht Tag sein!

Er küsste mich, lächelte in meine Augen,

Der Tag hat doch für uns noch gar nicht richtig begonnen, Cherie.

Es hörte sich an wie: Es ist die Nachtigall und nicht die Lerche.

Er schaute mich an, als ob ich ein Wunder wäre, (schlief dieser Mann denn nie?)

Unsere Augen und Körper zogen sich wie magnetisch an.

Sofort erlag ich wieder seinen zärtlichen, wissenden Händen und diesen berauschenden Küssen. Die Erregung packte uns in den ersten Sekunden. Er nahm mich wieder ganz in Besitz. (auch den Rest meines Verstandes). Dieses Mal verlangender, leidenschaftlicher, zärtlichhärter, seine hoffentlich nie enden wollenden Küsse!

Genau so hätte ich es mir für jetzt auch gewünscht, wenn ich wünschen hätte dürfen, als ob er es erraten hätte.

Trotzdem nahm er sich nicht gleich das, was „Mann“ sich viel zu schnell zuvor genommen hatte. Nein, er hatte dieses beglückend, erregend hinreißende Vorspiel erfunden und ich genoss es in enthusiastischen Wonnen.

Nur für mich, durchzuckte es mich für einen Augenblick.

Seine Hände, seine Lippen an mir erregten mich wie nichts was ich je vorher empfunden hatte. Aber ich wollte ihn jetzt sofort i n m i r , als ob ich sonst irgendetwas versäumen würde.

E r würde gehen!

Dabei waren diese Liebeleien davor, etwas Einzigartiges für mich, etwas vor ihm nie Gekanntes.

Wie im Fieber erwartete ich immer wieder seinen Mund, und dieser, und seine Zähne gruben sich in meine Lippen und überall dahin wo sie eigentlich gar nicht hingehörten.

Ich überließ mich ihnen und ihm willenlos. Ich genoss ihn und meinen neu entdeckten Körper in nie gekannter Lust.

Doch in meinen Gedanken war ich nicht ganz bei diesem Spiel. Er musste nach Paris zurück, vielleicht würde ich ihn nie wiedersehen. Ich konnte einfach nicht vergessen und richtig entspannen.

Alles in mir war noch nicht bereit für dieses nächste Abenteuer.

Ich stöhnte, aber dieses Mal nicht vor Glück oder Erregung. Ich hatte Schmerzen zwischen den Schenkeln, meine Eierstöcke, oder waren es die Leisten, ein dumpfes Kopfweh. Meine Augen waren unendlich müde. Alles tat weh.

Aber um keinen Preis der Welt hätte ich mich von ihm lösen können, ich wollte auch ihn einfach nur noch lieben. Ich klammerte mich an ihn, ich bettelte,

Bitte halt mich fest, nicht weggehen, bleib bei mir!

Meine Gier nach Befriedigung, eine Begierde, wie ich sie noch nie gefühlt und gekannt hatte, die ich in dieser Nacht schon zwei Mal erlebt hatte, war unersättlich. Ich erkannte mich selbst nicht wieder.

Da löste er sich von mir.

Nein, bitte, J.P. bitte nicht, nein nicht, bitte nicht aufhören!

Mein Herz, mein Puls klopften bis in die Schläfen.

Er küsste mich sanft, er lachte wieder liebevoll, ließ zärtlich seine Hände mit meinen Haaren spielen.

Langsam, ma Cherie, langsam, lass uns Zeit für unsere Liebe, sie ist so wundervoll mit dir. Wir haben noch unendlich viel Zeit. Keine Angst, ich lasse dich nicht allein, am Montagabend bin ich wieder bei d i r. Das ist nicht das Ende, das ist erst unser Anfang.

Er hatte erahnt, das ich viel zu schnell zu viel gewollt hatte, und das mich etwas anderes weitaus mehr quälte, und e r wusste wohl auch das ich an den Abschied dachte.

Er verscheuchte alle meine Zweifel und Ängste mit seinen Küssen, um dann wieder zu unserem Verlangen, zu dieser Leidenschaft zurückzufinden, diesem Spiel, das ich mir einbildete, er eigens für mich erfunden hätte.

Dieses Mal spürte ich eine schmerzhafte Wollust in mir aufsteigen, als seine Lippen zuerst ganz behutsam und zärtlich, die, zwischen meinen Schenkeln berührten, und dann, nach einiger Zeit des begehrenden Streichelns und Küssens, beglückendem Wortgeplänkels und des Herumalberns (auch das war neu für mich, der Spaß dabei)

Du hast laut geträumt, Cherie.

Ich habe noch nie laut geträumt.

Du hast meinen Namen geflüstert, du hast J.P. gesagt, ich habe es deutlich gehört.

Seine Hand strich den Pony aus meiner Stirn und er zeichnete mit seinem Finger meine Augenbrauen, meinen Nasenrücken und dann ganz zart meinen Lippenverlauf nach.

Ich liebte seinen Finger in meinem Mund der meine Schleimhäute massierte, meine Zunge spielte mit ihm. D a s allein erregte mich schon wieder!

(bei meinem Zahnarzt hatten sich da nie solche Gefühle eingestellt)

Der Ring um meine Brust löste sich langsam und meine ganze, für ihn offen daliegende Liebe strömte verträumt und verliebt in seine Augen.

Ich spreche nicht wenn ich schlafe, schläfst d u denn nie? Er lachte, küsste mich ganz sanft.

Ich habe dir nur beim Träumen zugeschaut, du bist wunderschön. So werde ich mir besser dein Gesicht einprägen können bis ich dich wiedersehe.

Seine Augen verlangten nach mir.

Oh Gott, ich liebte ihn so sehr, es drängte sich in mein Herz und auf meine Lippen, aber ich konnte ihm diese Worte einfach nicht sagen.

Und du hast ja, ja, ja. gestöhnt. Wieder diese Schamröte,

Das glaube ich nicht, so etwas sage ich nicht.

Seine Zunge spielte mit meiner Ohrmuschel und drängte sich wie ein Windhauch in mein Ohr.

Bitte, sag `es mir noch einmal s o, so wie du es gesagt hast in deinem Traum, in Deutsch.

Obwohl dieses lüsterne Gefühl an meinem Hals den Arm entlanglief, meine Ohren waren auch ziemlich empfänglich für diese Art der Zärtlichkeiten,

Ich k a n n d a s nicht einfach s o sagen.

So, das kannst du n i c h t? Er schaute mich belustigt an,

Sollen wir wetten dass du es kannst? Willst du es versuchen?

Hm!

Seine Hand fuhr von unten streichelnd zwischen meinen Beinen entlang und sein Mund bewegte sich von meinem Hals weiter abwärts, leckten und bissen ganz zärtlich, hingebungsvoll meine erregten Brustwarzen, verweilten in meinem Bauchnabel.

Wo auch immer er mich berührte, es war eine brennende Sehnsucht in mir, und das Begehren nach mehr.

Ich wünschte mir die Vollendung dieser Begierde herbei, und ich w o l l t e i h n, und wusste, das ich dieses“ lieben“ mir ab jetzt nur noch mit i h m vorstellen würde. Und schon stürzten alle meine Empfindungen wie Elektrizität an diese eine Stelle wo seine Hand sich jetzt beständig bewegte, und sein Mund sich mit ihr traf.

Und ich sah dieses noch immer nicht gestillte Verlangen nach mir in seinen Augen und ich w o l l t e ihn genauso, ich wollte ihn genau so sehr dass es mich schmerzte. Wie konnte man nur so stark für einander empfinden.

War d a s jetzt n u r Sex?

Meine Lippen bebten und sein Mund küsste mich so innig, so zärtlich, und dann so heftig fordernd. Es tat schon fast körperlich weh, wieder dieser ziehende, bittende Schmerz in meinen Leisten. Mein Herz bekam hektische Rhytmusstörungen.

K a n n s t du es j e t z t sagen, Cherie?

Ja, ja, ja!

Und ab dann musste er mich nie mehr bitten diese Worte zu stammeln, zu flüsterten oder zu stöhnen. Er konnte es nicht oft genug hören, weil wir beide auch nicht genug voneinander bekommen konnten in diesen frühen Morgenstunden.

Ich fing an mich ganz von den Gedanken des Verlassenwerdens zu lösen.

Und dann endlich, hatte er mich wieder in dieses geheimnisvolle Liebesland hineingezogen wo ich nicht mehr denken musste und konnte; und ich liebte ihn wie er mich liebte, voller Hingabe und Begehren.

Ich glaube, das war liebender Sex in der einsamen Vollendung, (wenn ich da jetzt schon mitreden konnte) Wie konnte e r so etwas, und die anderen nicht?

Es kamen Laute aus meinem und seinem Mund die wahrscheinlich nur dann entstehen konnten wenn man alles um sich herum vergaß.

Und als die Lust an und in mir hochzusteigen begann drang er in mich ein. Dieses Mal nahm er keine Rücksicht auf mich. Und ich fühlte ihn, ich fühlte ihn so wundervoll tief in mir. Er nahm mich, nahm mich und nahm mich, mitreißend leidenschaftlich, als ob es ein letztes Mal sein würde.

Ich konnte nur wortlos flehen,

Bitte hör`nicht auf mich s o zu lieben.

Während mein Atem stoßweise meiner Kehle entwich, und ich schon glaubte es nicht länger ertragen zu können, bettelte ich,

Komm, J.P, bitte komm jetzt, ich will dich, j e t z t!

Er zog mich noch einmal ganz fest zu sich heran, und mit einem erstickten, erlösenden, atemlosen Aufschrei spuckte er sein Sperma pulsierend in mich hinein.

Es kroch in mir hoch und es war warm und erregend in mir. Ich hatte noch niemals in meinem Leben so etwas intim- erotisch Intensives gespürt.

Es war unbeschreiblich schön.

Er schaute mich wieder an.

Jetzt liebte ich es direkt wie er mich dabei ansah. Seine Augen waren von keinem vergleichbaren Blau, oder waren sie in diesem Augenblick noch blauer geworden?

Ich krallte mich fest in seinen Lenden, streckte ihm voll Begierde und Ungeduld mein Becken entgegen,

Ja, J.P. ja, ja, ja!

Dann schwemmte diese, dieses Mal lang anhaltende, köstliche Süße auch meine Sinne hinweg, und ich kam, kam und kam; und seine wundervolle liebende Wärme durchfloss meinen ganzen Körper, und es verschmolz alles zu Einem. Ich dachte,

Wenn nur ein einziges kleines Samenkorn durch dieses Antibabypillengeflecht dringen könnte, ich würde es in meinem Körper behalten wollen für immer, ich hätte i h n i n m i r, für immer.

Und ich wünschte es mir so sehr.

Wie konnte ich nur so rasend schnell diese tiefe Liebe empfinden?

Jetzt hatte ich mich an und in ihm verloren.

Beide konnten wir diesen Höhepunkt nicht leise fühlen, wir hatten dieses einzigartige Glücksgefühl wieder zusammen erreicht. Die Heftigkeiten dieser Lust erstickten wir in unseren Küssen.

Hoffentlich hatten wir keine Nachbarn.

Danach fühlte ich mich ganz ausgefüllt von ihm, erschöpft und glücklich, einfach nur glücklich!

Bleib bei mir. Lass mich nicht los.

Wie k ö n n t e ich das j e t z t, ma Cherie?

Er zog mich noch enger an sich, als ob ich zerbrechlich wäre. Seine Zärtlichkeiten nahmen kein Ende.

Meine Träume gingen in Erfüllung, nur dieses Mal in der Wirklichkeit und viel viel viel schöner als ich es mir jemals hätte ausmalen können.

Er blieb in mir, und ich in seinen Armen;

und ich meinte seinen Samen in meinem Munde schmecken zu können. (aber wie konnte d a s möglich sein, hatte ich?...)

Mir wurde ganz heiß, aber ich hatte den Mut es ihm ganz verschämt und errötend zu sagen.

Er sah zärtlich blau in meine Augen.

Sensibel, sinnlich, leidenschaftlich, verführerischschüchtern, eine so wundervolle Kombination wie ich sie bisher n i e s o kennengelernt habe, humorvoll und dazu bist du auch noch wunderschön. Du vereinigst viele Frauen in dir, Inka, Cherie. Und unter seinen zärtlich hingehauchten Küssen,

Ich werde alle deine Talente entdecken, glaube mir.

Du hast noch viele davon, das weiß ich jetzt schon. Er schüttelte seinen Kopf,

Was machst du nur mit mir, diese Gefühle hatte ich schon seit einiger Zeit verloren. Ich hatte ganz vergessen, dass es Mädchen wie dich noch gibt, das es sie überhaupt gibt. (wahrscheinlich meinte er, in deinem Alter!)

Du bist wie ein Wunder für mich.

Und ich wollte ihm alles glauben, und tat es auch. Es hörte sich an als ob ich für ihn die Einzige in diesem Universum wäre.

Dann küsste er mich, mit so viel Gefühl, Zärtlichkeit, Liebe. Es lief durch mich hindurch wie ein einziger warmer Strom. Ich löste mich fast von mir.

Kannst du n i e wieder damit aufhören?

Kannst d u nie genug davon bekommen?

Nein, nicht von dir! Er lachte beglückt,

Da musst du nur noch fast zwei Tage warten Cherie, vielleicht wird es dir dann bald zuviel werden.

Niemals mit dir!

Bitte sag` das noch einmal. Sag` meinen Namen dazu, du sprichst ihn so unbeschreiblich liebevoll aus, es hört sich so wundervoll an aus deinem Mund.

Ich verging einmal mehr in seinen Augen und flüsterte, ohne verlegen oder rot zu werden, aber mit einem unheimlichen Stechen in meinem Herzen das bis in den Bauch wanderte,

Ich werde nie genug von dir haben können, J.P!

Er lächelte.

Das war schon viel, viel besser, Liebling. Jetzt bin ich mir fast sicher dass du mich auch nicht vergessen wirst.

Es hörte sich in meinen Ohren unwahrscheinlich glücklich an.

Die ganze Hingabe in einem Blick.

Und ich liebte ihn wie ich noch nie einen Mann zuvor geliebt hatte.

Dann kam der sanfteste, süßeste, intimste Kuss meines ganzen Lebens.

Und ich wusste in meinem tiefsten Innern, dass ich niemals wieder s o einem Mann, s o einer Liebe begegnen würde.

E r w a r d i e s e E i n e L i e b e.

Nur in einem dieser Momente, in der die Zeit stehenzubleiben schien, mit so einem Liebhaber, und mit so viel Lust und mit so viel leidenschaftlicher Liebe und Zärtlichkeit müsste ein Kind gezeugt werde dürfen.

(aber wie viele Kinder würden dann überhaupt noch geboren werden, wenn ich mich an die Zeit vor i h m erinnerte)

Ich hatte es doch nur g e d a c h t. Er sagte,

Es wäre wundervoll ein Kind mit dir zu haben. Ein Mädchen, mit deinen Augen, deinen Haaren, genau so wie du es bist, voll von Liebe und zärtlicher Unschuld.

Merkwürdige Duplizität der Ereignisse; mein Vater hatte bei meiner Mutter ähnliche Worte benutzt,

Schatz, ich möchte ein Kind mit dir das genau so bist und so aussieht wie du.

Ein Kind mit dir. Mir stockte der Atem.

Das war die schönste Liebeserklärung die ich jemals bekommen hatte. Mein Herz bekam tausend Risse.

Meine Augen müssen so geleuchtet haben, sie schwammen auch schon wieder im Wasser. Er legte eine seiner Hände auf meine Lider. (hatte er Angst vor einem elektrischen Schlag?)

Liebevoll küsste er mich, seine Zunge fing eine Träne von meiner Schläfe ein.

Selbst deine Tränen schmecken so anders, unvorstellbar köstlich, könnten das auch Glückstränen sein? (ich lächelte ihn auch voller Glück an)

Ich kann nicht glauben dass Niemand vor mir dich so geliebt hat. Wie kann man d i c h n i c h t s o lieben? Du bist für die Liebe gemacht, nein, ich bin sicher, du wurdest nur für m i c h und   m e i n e Liebe erfunden.

Ich konnte nicht glauben das zwei Menschen so identisch denken konnten, nannte man so etwas nicht Seelenverwandtschaft?

Er bedeckte wieder zärtlich mein ganzes Gesicht mit seinen Küssen, dann drückte er mich besitzergreifend an sich.

Er war mein „Merlin", mein Zauberer, war er auch noch ein Magier? Wie konnte er erraten haben an was ich in dieser Sekunde gerade gedacht hatte?

Jetzt schien mir alles möglich zu sein.

In Blitzesschnelle lief mein Abtreibungstrauma an mir vorbei.

Ich war 23 Jahre alt.

Das mit der Brausekopfspülung hatte nicht so funktioniert wie Franz es mich hatte glauben lassen. Im darauf folgenden Monat war es passiert.

Ich dachte an die fast 3 Monate Schwangerschaft.

Er wollte keine Kinder, (er sagte: ich als Opa!),

Ich dachte an die vergebliche Suche nach einem Arzt, die Angst im Nacken, an die Salzdillgurkenzeit, die Übelkeit, jeden Morgen die Straßenbahn verlassen zu müssen auf dem Weg zur Arbeit, und dann die Demütigungen in den einschlägigen Praxen wo sie angeblich so etwas nicht taten.

Danach dieser „NOT" Arzt, der letzte auf meiner Liste „dieser" Ärzte, dieser perverse, persische Abtreiber, meine letzte Rettung!

In der Nacht, ohne Narkose, mit so viel Schmerzen über diesen Verlust, (obwohl ich mich auch wirklich noch viel zu unreif für ein Kind fühlte, und dann d a s auch noch mit einem verheirateten Mann!) und dann die Realen, die Gegenwärtigen.

Dieser fiese Drecksack mit seinem Abtreibungsbesteck unter dem Schrank! (ob das überhaupt sterilisiert gewesen war?)

Schrei bloß nicht, ich sitze mit einem Bein schon im Gefängnis. Willst du auch dort hin?

Er hatte sein Geld in weniger als einer halben Stunde verdient und behandelte mich wie ein Mädchen von der Strasse.

Über diesen Arzt hatte ich danach schreckliche Dinge gehört. Gut, dass eine Freundin mir zur Seite gestanden hatte! Man hätte ihn anzeigen müssen.

Was hatte man uns sündigenden Frauen damals alles zugemutet, und was haben wir „notgedrungen" aushalten müssen!

Und was hatten sich die Männer vor J.P nur gedacht, unglaublich, Niemand hatte mich je nach Verhütung gefragt oder hatte von sich aus verhütet.

Hatte e r an die eventuellen Konsequenzen gedacht, und das mit einem so außergewöhnlich, wundervollen Wunsch?

Wie konnte ich jetzt, bei so etwas „Himmlischen"; an so etwas Entsetzliches denken?

Noch lag ich in seinen Armen, mein Herz pochte an seinem Herzen wie im gleichen Rhythmus. Er hatte sein Gesicht in meinen Haaren vergraben und streichelte mit den Lippen meinen Haaransatz.

Ich fühlte mich in diesem Moment überdimensional selig und geborgen.

Bitte, bitte, lass mich nie, nie wieder los, betete ich.

Nach einer kleinen Ewigkeit ließ er eine Hand durch mein Haar gleiten, drehte eine Strähne davon um seinen Finger, zog damit meinen Kopf sacht an den seinen heran. Sein Mund an meinem Mund.

Seine Augen drängten sich direkt in mein Herz.

Deine Haare sind so schön wie deine unendlich grünen Sternenaugen, Haut wie Samt und Seide, und der andere Teil, er grinste mich an wie ein Schuljunge,

Köstlich, wie Milch und Honig.

Dieses verschämte Glühen stieg mir wieder ins Gesicht.

Das hatte er g e w o l l t!

Mit diesem unheimlich zärtlichen Lächeln im Blick seiner tiefblauen Augen, in die sich die meinen wieder einmal verfingen sagte er,

Ich habe mich in dich verliebt (in Englisch) dann,

Nein, das ist nicht richtig,

Je t`aime, Inka.

Ich schloss die Augen, Herzstillstand.

Ja, glaube mir. Fühlst du es nicht auch? Es war schon fast so wie jetzt, als ich dir zum ersten Mal in die Augen sah.

Ich fühlte in diesem Moment nur mein eigenes Herzstechen. Es war einfach nur überwältigend.

Er küsste mich sanft, zärtlich, ganz wie am Anfang, fuhr noch einmal mit seiner Zunge über meine jetzt fast schmerzenden Lippen. Ich floss dahin. Es pochte schon wieder in meinem Unterleib. Er hätte mich nicht überreden müssen e s noch einmal zu tun.

Nur, bei i h m war es wirklich nicht zu übersehen!

Er schmunzelte als er meine Blicke bemerkte.

Es tut mir so leid, Cherie, ich habe einen wirklich unaufschiebbaren Termin. Ich muss da hin, ich kann nicht bleiben, obwohl ich dich nie mehr aus meinen Armen lassen möchte. Kein Flugzeug würde so lange warten wollen bis mein Verlangen nach d i r gestillt ist.

Willst du von mir träumen heute Nacht, so wie ich von dir? Wir können uns in unserem Traum begegnen und uns lieben so lange und so oft wir wollen. Wirst du es mir zu liebe auch versuchen?

(wie kam er nur auf diese wunderbar verrückte Idee?)

Ich konnte ihn immer und immer wieder nur anbetend ansehen.

Wie sollte ich jemals von i h m nicht träumen wollen?

E r war die Erfüllung meiner Träume!

Oh Gott, lass ihn nicht gehen. (Hätte e r es doch auch wirklich niemals nicht zugelassen)

Aber Gott hatte noch nie auf mich gehört.

Er stand auf, ging ins Bad. Ich saß am Rande des Bettes, in das Bettlaken gewickelt.

Er war so weit weg von mir. Ich hätte die letzten Minuten am liebsten i n ihm verbracht.

Geh` doch zu ihm,

flüsterte es in meinem Kopf, aber meine Beine gehorchten diesem Befehl nicht. (obwohl eine Dusche mir nun wirklich auch nicht geschadet hätte.)

Das Zimmer und ich, wir rochen förmlich nach dem Sex dieser Nacht. Ich dachte,

Nie wieder werde ich mich waschen, nie wieder werde ich diesen, unseren einzigartig wundervollen, erotischen Geruch verlieren wollen.

Ich schaute ihm wie im Fieber beim Ankleiden zu. Er sprach mit mir, hatte er mich etwas gefragt? Ich sog den Klang seiner Stimme wie einen Strudel in mich ein, den Sinn seiner Worte begriff ich nicht. Immer der gleiche Gedanke,

Geh nicht weg, bleib bei mir.

Eine unendliche Leere hatte sich in meinem Kopf ausgebreitet. Ich stierte ihn mit tränenden Augen an. Lautlos liefen sie die Wangen entlang.

Kein einziges englisches Wort hätte ich sagen können. Diese Sprache zu sprechen war mir völlig fremd.

Ich blieb einfach stumm! Ich verschlang i h n einfach nur mit meinen Augen..

Er kam zu mir, er hob meinen Kopf, er unterbrach den Tränenfluss mit seinen Küssen. (ich hatte gar nicht gewusst das so viel Wasser in diesem Teil meines Körpers lagerte)

Liebevolle, lächelnde blaue Augen.

Liebling, ich sehe dich m o r g e n Abend!

Es war keine Frage. Ich zuckte hilflos mit den Schultern, er lachte ungläubig.

Nach d i e s e r Nacht, und du weißt nicht ob du mich wiedersehen willst!? Bitte Cherie, nicht weinen, ich komme doch zu dir zurück. Deine Augen verraten dich, du liebst mich ja auch.

Bitte sag es mir, nur e i n Mal.

Ich liebe dich. Ich hätte es ihm so gern mit auf den Weg gegeben, aber meine Zunge klebte fest an meinem Gaumen, und mein Mund ließ sich einfach nicht zum Reden zu bewegen.

Aber aus meinen Augen konnte e r sich die Antwort in jeder Sprache der Welt aussuchen.

Er küsste mich noch einmal.

Ich liebte diesen Mund, ich liebte diesen Mann, seine Stimme, seine Augen, seine Hände.

Was er sagte war einfach hinreißend und umwerfend, und auch wie er es sagte und tat.

Er fuhr mit seinen Fingern noch einmal durch meine Haare, zog sanft meinem Schopf nach hinten. Mein Gesicht unter dem seinen, Augen in Augen,

Ich liebe deine liebevolle Zärtlichkeit. Ich weiß es jetzt, sie strömt aus deinem Herzen direkt in mein Herz hinein. Ich fühle sie. Du forderst mich richtig heraus. Zärtlich lächelnd,

Wie machst du das, was machst du mit mir, ist d a s d e i n Zauber?

Deine Küsse sind so unvergleichlich. (Gott sei Dank hatte ich so viel geübt) Ich werde dich jetzt schon vermissen. Meine Sehnsucht und mein Hunger nach dir werden mich ganz schnell zurückbringen.

Ich werde diese Augen und dein Gesicht vor mir haben, genau s o wie du mich j e t z t ansiehst.

Ich hätte bis in alle Ewigkeiten weiter s o geküsst werden wollen. Seine Küsse waren immer noch so unheimlich himmlisch, zärtlich, animalisch- durchdringend.

Denk an mich Cherie. Ich liebe dich.

Mit klopfendem Herzen und nassen großen Augen schaute ich ihm nach als er aus der Tür ging.

Jetzt bekam mein Herz noch tausend weitere Sprünge. Es tat so weh, es tat so furchtbar weh, so weh hatte meinem Herzen noch nie etwas weh getan.

Vielleicht ging er zu einer anderen Frau, seiner Frau? Hatte er auch noch eine andere Liebe, wie ich?

Ich dachte kurz darüber nach, aber eigentlich war mir beides im Moment völlig egal.

I c h wollte n u r i h n.

Ich sehnte mich jetzt schon wieder nach seinen Umarmungen und nach seinen Küssen. Alles an ihm zog mich magisch an. Jetzt wusste ich es ganz genau, ich hatte mich auch nicht nur in ihn verliebt.

Ich liebte ihn.

Montagabend, kam er zurück. Zu mir!

Bei diesem Gedanken fing ich an zu zittern, noch konnte ich meine aufsteigenden Tränen zurückhalten, aber ich wusste es würde nicht anhalten, ich musste meinen Gefühlen freien Lauf lassen.

Die Tür ging auf.

E r stand da!, vor mir, (ich sah ihn an wie ein Hirngespinst) Seine strahlenden blauen Augen lachten mich an.

Ging es dir schnell genug, Liebling? Ich musste dich noch ein Mal sehen. Ich kann noch mit einem nächsten Flug rechtzeitig in Paris sein.

Oh, lieber Gott, danke, er ist zurückgekommen!

Ich konnte es nicht glauben!

Mein Herz klopfte schon wieder in Trommelschlagart.

Mit dieser Sehnsucht in mir und diesem Hunger nach dir, konnte ich nicht abreisen. Ich w i l l dich noch nicht verlassen, ich muss dich noch einmal in meinen Armen halten und dich lieben!

Jetzt hielt dieses schmerzhaft süße Ziehen wieder Einzug in mein Herz und meinen Unterleib.

Allein mit seinen Worten konnte er d a s jetzt schon auslösen.

Er küsste mich so hinreißend liebevoll, leidenschaftlich, dass ich ihn einfach zu mir ins Bett ziehen musste. Ich musste ihn anfassen, ihn küssen, ihn streicheln, ihn an mich drücken und ihn ununterbrochen dabei ansehen.

War e r es auch wirklich?

Ich erkannte ihn!

Er hatte wieder dieses unwahrscheinlich unverschämt wundervolle blaue Lächeln in m e i n e m Gesicht.

Und jetzt, zum ersten und einzigen Mal, hatte ich dieses unheimlich drängende Verlangen in mir einen Mann a u s z i e h e n zu wollen, es tun zu m ü s s e n.

N u r d i e s e n einen e i n z i g a r t i g e n Mann, und nur einmalig in meinem Leben.

Und ich wünschte mir nichts brennender als ihn zu spüren, meine Haut mit seiner wieder zu vereinen.

Es war ein so wundervoll erregendes Erlebnis, ein verlangender, gieriger Reiz d a s tun zu w o l l e n, i h n und seinen ganzen Körper wieder für mich allein haben zu können, ihn wieder neu zu entdecken, ihn zu schmecken unter meinen Küssen.

Meine Hände, aber eigentlich alles an und in mir zitterte unter seinen liebevoll erregten Blicken.

Mit bebenden Händen und ungeschickten Fingern knöpfte ich sein Hemd auf. Allein schon seine entblößte Brust zu sehen, sie nur zu berühren, sie zu streicheln, war schon Balsam für meine Seele, und so süß erregend.

Sein unverhofftes Wiederkommen war wie ein einziges Wunder für mich.

Dann tastete ich mich fieberhaft zu seiner Gürtelschnalle hin, mit der ich auch nicht so richtig und fachgemäß zurechtkam in meiner Aufregung.

Er schaute mir belustigt dabei zu.

Hast du das schon oft bei einem M a n n gemacht, Cherie?

Mache ich täglich, versuchte ich zittrig zu kontern, doch diese entsetzliche Röte machte sich trotzdem wieder in meinem Gesicht breit.

Lachte er mich jetzt an oder aus?

Ich liebte ihn so sehr!

Danach traute ich mich aber doch noch recht erfolgreich an den Rest seiner Kleidung heran.

Zum ersten Mal s a h ich, mit fiebrig- glänzenden Augen, seinen ganzen, nackten, vollkommenen Körper richtig vor mir; ich schaute ihn mir jetzt erst wirklich richtig an.

Ich sah sein erigiertes Glied;

unglaublich, jetzt bebten nicht nur meine Hände.

Ich begriff überhaupt nicht mehr, dass ich vorher nur ungern einen nackten Mann angesehen hatte, aber jetzt i h n, und das auch noch mit diesen unverschämt begehrlichen Blicken!

Seine Ganzheit war einfach nur schön für mich.

Und ich entdeckte ihn mit meiner ganzen Leidenschaft, mit einer sagenhaften Zärtlichkeit und unendlichen Hingabe.

N i e m a l s hatte ich d a s zuvor bei Franz ohne gewissen Zwang getan.(der „Herpes" war vorprogrammiert gewesen)

Jetzt aber wollte i c h i h n, nur ihn, und das auch noch mit einem so verlangendem, süchtigen Vergnügen.

Er überließ sich mir mit unvorstellbarem Genuss.

Inka Cherie, oh Inka, ma Cherie!

I c h verführte i h n!

Ohne mein Schamgefühl wieder aufkommen zu lassen, leckte und küsste ich mich über seine erweckten Brustwarzen hinweg zu seinem Mund hoch, der mich auch schon hungrig erwartete.

Meine nackten Brüste, die seinen Körper berührten, ließen ihn aufstöhnen, und meine Zunge wagte sich in seinen Mund.

Oh Gott, es war so unwahrscheinlich erregend, so unheimlich anheizend, und zugleich absolut wundervoll.

Ich schämte mich nicht einmal mehr meines nicht ganz so begnadet geformten Busens, den er immer wieder innig mit seinen Händen, seinem Mund und seiner Zunge streichelte und liebkoste.

Es war mir egal. (es war so traumhaft) Mein ganzes Schamgefühl war anscheinend davongeschwommen.

Ich wollte nur i h n, diesen Mann!

Er umfasste mit beiden Händen meine Taille und setzte mich wohlgezielt auf diesen einen Teil seines Körpers, den i c h n i c h t hatte, den ich aber zuvor schon so gründlich und genusssüchtig gekostet hatte.

Bitte Cherie, sieh mich an! Sag mir dass du mich genau so begehrst!

Ja, J:P: ich will dich, nur d i c h, ich will n u r d i c h!

Und ich wollte ihn, wie ich noch nie einen Mann vorher gewollt hatte.

Zwei Augenpaare verschmolzen ineinander.

Und ich war so überbereit für ihn, ich war nicht nur feucht, ich war tropfnass, (jetzt wusste ich es auch, die Blase war es nicht!)

Endlich verstand ich den Sinn eines Vorspiels. Es war diese Begierde im Voraus, die ich nie zuvor kennengelernt hatte.

Es war ein so zündendes Hineingleiten in mich, dass ich mir in die Hand biss um nicht vor Lust laut aufzuschreien zu müssen.

Ich hatte i h n schon fast wieder an den Rand eines Höhepunktes gebracht.

Er hielt sich zurück, forderte mehr von sich und von mir, ich spürte es. Er verlängerte, verzögerte s e i n Verlangen, er dehnte dieses Ritual aus. Er wollte mich ganz, mich, mit all meinen erotischen und immer mehr begehrenden Sinnen, mit meinem g a n z e n Sein.

Er wollte nur m i c h, und i n m i r sein, und ich konnte ihn jetzt nur noch überirdisch genießen.

Und ich spürte ihn so überdeutlich. Meine Hände betasteten meine Bauchdecke weil ich meinte ihn dort fühlen zu können.

Er zog mich sanft auf seinen Körper hinunter, und ich erlebte seine empfindsamen Hände wieder an mir, seine Haut einmal mehr an meiner, und seine so vollkommen unübertrefflichen Küsse, seine nie müde werdende Zunge i n meinem Mund, unendlich überwältigend und mitreißend.

Dieser Sinnesrausch war auch bei unseren mehr als entfesselten Unternehmungen zu spüren.

Und jetzt fielen wir tatsächlich übereinander her als ob wir uns noch nie geliebt hätten, als ob es das erste Mal sein würde und es ein Vorher für uns nie gegeben hätte.

Es war so vollkommen, so leidenschaftlich, so unglaublich, und eine so unglaubliche, leidenschaftliche, vollkommene sexuelle Ekstase.

Unsere Stöhnerei war wie ein Wettstreit.

Und als ich kam, schluchzte ich vor Glück laut auf, fiel erschöpft und wie berauscht auf seine Brust. Erschrocken, gefühlvoll,

Habe ich dir weh getan, Cherie?

Oh nein, Liebling. (das Wort flog ungewollt in Deutsch aus meinem Mund) Ich schaute ihn mit einem Leuchten meiner Augen an.

Es war so wundervoll mit dir.

D u b i s t so wundervoll

Wirst du mich auch nicht vergessen bis morgen?

Wie konnte er mich jetzt so etwas fragen,

Könnte ich das überhaupt noch?

Ich habe nie geglaubt das Sex so phantastisch schön sein kann.

Oh Inka, ma Cherie, du hast wirklich noch nicht viel erlebt in der Liebe. Du wirst sehen, es wird immer großartiger mit uns werden.

Das k a n n ich nicht glauben.(das konnte ich nun auch wirklich nicht)

Vertrau mir, ich hatte es dir v o r unserem ersten Mal doch versprochen. Kannst du dich daran erinnern?

Ich schüttelte, innerlich lächelnd, störrisch meinen Kopf. Er grinste mich an,

Ich hatte es gewusst, du bist einzigartig.

Meine Beine zitterten wie, ja wie… Ich hatte es irgendwann einmal gelesen;

wie die Flanken eines völlig überrittenen Pferdes.

So traf das jetzt auch auf mich zu.

Es war total beglückend ihn so verliebt zu erleben, und dabei so verzückt von mir Besitz zu ergreifen.

Du bist genau so verrückt verliebt wie ich, Inka Cherie, weißt du das eigentlich schon?

Meine Augen waren randvoll mit Liebe für ihn.

Er s a h es!

Meine Rippen schmerzten in der Gegend meines Herzens. Fassungslos schaute er mich an,

Ich glaube du bestehst nur aus Liebe.

Und nun s a g` es mir, sag es mir endlich, s a g` mir endlich dass du mich auch liebst.

Ich konnte nur nicken.

Morgen, dachte ich,

Morgen werde ich das dir das alles sagen können, alles was ich heute nur mit meinen Gefühlen ausdrücken kann. Es ist so viel geschehen.

Morgen werde ich dir sagen können wie sehr ich dich liebe. Lass mir nur noch ein wenig Zeit dazu.

Morgen, ganz ganz sicher;

wenn du es dann noch hören willst.

(schon wieder diese blöden Tränen!)

Morgen wird eine himmlische Zeit für uns beginnen, flüsterte er in mein Ohr.

Hatte er meine Gedanken schon wieder einmal gelesen?

Unsere Zärtlichkeiten brachten uns schon f a s t wieder an diese Schwelle zwischen Liebe und Sex.

War das denn alles noch normal?

Ich hatte so etwas noch niemals erlebt, aber ich erhoffte es auch nie wieder vermissen zu müssen.

Und ich wünschte mir auch nichts Weiteres mehr als nur i h n zu lieben, und von ihm geliebt zu werden.

S o m u s s t e es einfach zwischen uns sein.

Geben und Nehmen ist das schönste Glück, so hatte es meine Mutter immer ausgedrückt. (sie hatte, ein Mal mehr, s o Recht gehabt)

Er gab mir diese Zärtlichkeit, diese Liebe nach der ich mich immer nur gesehnt hatte, ich nahm sie, und ich glaube, ich gab sie ihm, über alle Maßen glücklich, mehrfach zurück.

Er hatte in diesem Moment mein g a n z e s Herz und meine g a n z e Liebe.

Danach überließen wir uns eng umschlungen, glücklich und todmüde, dem Schlaf, bis dieses verdammte Telefon seinen „Flug" wieder anmahnte.

Lieber Gott, nicht schon wieder! Nicht wieder die Angst er könne nicht mehr zurückkommen.

Augen voller Zärtlichkeit. Es war gar nicht zu begreifen, als ob er schon wieder nicht geschlafen hätte! Er griff unter mein Kinn, (wie konnten Augen nur eine solche Farbe besitzen?)

Wirst du j e t z t bis morgen warten können, Cherie? Nein!

Ha, du möchtest nur, das ich meinen Flug einmal mehr verschiebe!?

Ja, n u r d a s würde ich mir wünschen.

Das geht leider nicht mehr, Liebling, ich wünschte es mir auch. Verschmitzt lächelnd,

Zuerst noch eine anbetungswürdige, kleine verschämte Nonne mit diesen großen, unglaublich ungläubigen Kinderaugen, und jetzt, eine unersättlich hinreißend verführerische Frau. Mit einem lauten beglückendem Lachen,

Und ich bin völlig fertig!

Seine verliebten Augen bohrten sich direkt in meine Augen hinein,

Du bist ein ganz, ganz besonderes Mädchen, Inka. Ich wünschte mir nur, you would be o n l y m y girl.

Und mein Herz schnürte sich zu, und ich meinte mit meinem letzten Atemzug und mit dieser, für mich so unvergleichlichen Liebe, sagen zu müssen,

Das bin ich doch längst, J.P, weißt du das jetzt immer noch nicht?

Das wollte ich doch nur hören, Cherie, weil du mir nie sagen willst das du mich liebst.

Und ich wollte es so gern, doch ich konnte es immer noch nicht.

Bloß jetzt nicht wieder anfangen zu heulen! Ich lächelte ihn mit nur wenig zu feuchten Augen an.

Bitte, geh` doch endlich!

Siehst du, jetzt willst du mich schon loswerden. Warte nur bis ich wieder da bin.

Du wirst doch auf mich warten, du wirst doch da sein, Cherie?

Ich werde jede Sekunde zählen bis ich wieder in deinen Armen sein kann.

Meine Augen konnten ihn nur noch anstrahlen!

Genau so möchte ich dich morgen vor mir stehen sehen, mit diesem Leuchten in deinen wundervollen Augen.

Nach unseren letzten, unvergesslichen, unvergleichlichen Abschiedküssen ging er, und ich hätte ihn so gern weiter in meinen Armen gehalten, n i e wieder aufgehört ihn zu umarmen und ihn nie wieder losgelassen.

Ich starrte immer wieder auf diese Tür, würde sie sich noch einmal öffnen?

Jetzt blieb sie auch nach einer kleinen Ewigkeit weiterhin geschlossen.

Was war d a s für eine Nacht gewesen???!!!

Oder hatte ich wieder einmal geträumt?

Aber so etwas konnte man sich eigentlich nicht erträumen, s o etwas nicht, wenn man s o e t w a s noch nie erlebt hatte!

So viele Tränen hatte ich noch nie in einer Nacht vergossen, wahrscheinlich nicht einmal in einem ganzen Jahr, oder mehreren. (und warum hätte ich nachts weinen sollen?) und sie strömten und strömten nur so dahin.

Vielleicht habe ich da auch schon geahnt, dass e r mir, und so viel Glück vom Schicksal gar nicht vorausbestimmt war.

Es war immer noch Sonntagmorgen.

Nachdem ich mich ausgiebig ausgeheult und geduscht hatte, obwohl ich doch seinen Geruch weiterhin an meinem Körper hätte haben wollen, verließ ich das Hotel.

Vorher hatte ich mein Gesicht mit diesen tiefen dunklen Rändern unter den verweinten Augen im Spiegel gesehen, (und es war nicht die Wimperntusche, meine "Bella Nussy" hatte mich nicht im Stich gelassen, nichts war verschmiert) ich dachte:

"Dieses Lieben" macht nicht unbedingt schöner und diese ewige Heulerei auch nicht.

Aber endlich, endlich hatte ich das erlebt, von dem ich bis vor dieser Nacht immer noch gedacht hatte man hätte es nur erfunden. Jetzt hatte ich es für mich entdeckt, diesen, mit Liebe gepaarten Sex in dieser totalen Erfüllung, und das, wie ich glaubte zu wissen, mit dem zärtlichsten, besten Liebhaber der ganzen Welt.

Mein Herz hämmerte: J.P, J.P, J.P!

Die Schmerzen zwischen meinen unbekannt überstrapazierten Schenkeln beim Gehen durch die Hotelhalle ertrug ich tapfer. Ich fand auch auf Anhieb mein unverschlossenes Auto, (es war auch das schäbigste in diesem Fuhrpark), fuhr in meine, wie ich wusste, leere Wohnung.

Ich war froh allein zu leben.

Am Nachmittag gingen mein Freund und ich zum Segeln. (mit Sonnenbrille) Ich konnte nicht einfach nicht mit ihm zusammen sein, selbst an diesem Tag nicht, wo bei mir die ganze Welt auf dem Kopf stand.

Ohne Einleitung eröffnete er mir, dass er in der kommenden Woche seinen Scheidungstermin hätte. Ich begriff erst gar nicht was er damit sagen wollte. Meine Gedanken waren in Paris, (Frankreich). Er sagte,

:Ich lasse mich in der nächsten Woche scheiden.

"Schnuckelchen", hast du mich nicht verstanden, was sagst du? Wir könnten heiraten.

Nichts!, ich hatte ihm gar nicht richtig zugehört. Wir hatten auch nie von Scheidung gesprochen. Es war doch die ganze Zeit ein so gutes Arrangement gewesen, ich hatte nie an Heirat gedacht. Er wollte ja auch keine Kinder.

Ich fiel aus allen meinen rosaroten Wolken.

Gerade eben noch schwebte ich in dieser anderen Liebe, in diesem anderen Leben, sogar in einem ganz anderen Land. Eigentlich war ich gar nicht b e i ihm, ich war in Gedanken gar nicht da.

Ich war bei i h m, bei dem Anderen.

J.P, J.P. hämmerte es wie eine Maschine andauernd in meinem Kopf. Ich konnte an nichts anderes mehr denken.

Ich fiel.

Es gibt Menschen die niemals eine große Liebe erlebt haben. Ich hatte z w e i, nur zur gleichen Zeit.

Die eine, zwar etwas verblasst, aber immer noch da. Niemals hätte ich Franz bloßgestellt oder sitzengelassen.

Wir waren ein bekanntes, glückliches Paar in der Gesellschaft, aber auch für uns.

Und ich hatte mich gerade, eine Nacht zuvor, nach zehn Jahren, rettungslos, völlig hilflos, eigentlich unbegreiflich für mich, in einen anderen Mann verliebt.

Fortwährend spielten meine Gedanken mit ihm. Was würde er mit mir machen wenn er zurückkäme. (und wenn ich mich dabei zuerst auch nur an seine einzigartigen Küsse erinnern wollte)

Ob er auch an mich dachte, hätten wir uns überhaupt etwas zu sagen. Oder war das nur so eine Bettgeschichte?

Sollte das wirklich alles wahr sein?

Ich begegnete ihm nicht in meinem Traum in dieser kurzen Nacht von Sonntag bis zum nächsten Morgen, ich träumte überhaupt nichts.

Ein langer Montagsarbeitstag.

Nach dieser fast schlaflosen Nacht hatte sich mein Herz in zwei nicht miteinander pochende Hälften geteilt. Es bebte für den einen auf der einen Seite, und lebte mit dem anderen in der anderen Hälfte. Ich vertagte meine Gedanken über den Fortgang dieser Affäre immer weiter nach hinten. Ich wollte Alles sich selbst finden lassen.

Aber so einfach ging das natürlich nicht, nicht in der Realität.

Und dann habe ich dieses Problem ganz erbärmlich gelöst. Oder hatte es sich einfach s o lösen sollen?

Um 19:00 Uhr ging in Unterföhring die Aufzeichnung der Sendung weiter. Ich hätte schon gar nicht hingehen dürfen. Ich hätte mich wegen Krankheit oder gleich Tod entschuldigen müssen!

Es war wie ein Zwang, ich musste ihn einfach wiedersehen!

Von Weitem konnte ich ihn schon erkennen. Er tigerte vor dem Fernsehstudio auf und ab.

Ich erstarrte, er wartete auf mich! Ich hatte es gefühlt, ersehnt, erhofft, aber auch gefürchtet.

Vielleicht wollte er mir vorher schon etwas gesagt haben, mich nur in die Arme genommen, mich nur richtig geküsst, nur in meinen Augen diese Liebe wieder gesehen haben.

Mein Herz rastete aus. Aber mein Körper weigerte sich auf ihn zuzugehen, obwohl alles in mir ihm zuflog und ich mich so schrecklich gern in seinen Armen wiedergefunden hätte.

(es hört sich so kitschig an, aber es war genau so.)

Ich, ein vor Aufregung zitterndes" kleines 33 jähriges Mädchen", ich versteckte mich so lange bis das Klingelzeichen ertönte, e r ging. Dann traute ich mich erst hinein. Alle Darsteller standen i m m e r noch da zum Empfang. Damit hatte ich nicht mehr gerechnet.

Ich ging wie in Trance auf sie zu.

Da ist sie!, hörte ich jemanden sagen,

Inka, da bist du ja endlich, wir haben dich schon vermisst. J.P. war schon ganz nervös, sagte F. augenzwinkernd. Er läuft schon seit einer halben Stunde vor dem Studio auf und ab, er suchte nach dir. Ich hatte schon die Befürchtung, dass er gar nicht auftreten würde ohne dich vorher gesehen zu haben. Mir zuflüsternd,

Der ist ja ganz schlimm in dich verliebt!

(oh mein Gott, e r hatte es i h m doch wohl nicht erzählt!) Meine verräterische Röte stieg wieder auf.

E r stand daneben, liebevoll lächelnd, souverän. Er nahm meinen Kopf in seine Hände. Vier Worte, wie erleichtert geflüstert,

Du bist da, Cherie!

Seine Augen, blauer noch als ich sie in Erinnerung hatte, umschlossen mich ganz, als ob er sagen würde,

Du gehörst nur mir.

Dieser Gedanke allein ließ mich schon erzittern, mein Herzschlag trommelte in meinen Ohren. Ich wäre gern in Ohnmacht gefallen. Alle Umstehenden, so schien es mir, schauten auf uns. Sie unterhielten sich aber, Gott sei Dank, untereinander. Hatten sie etwas bemerkt?

Dann küsste er mich auf die Wangen, und ich flüsterte ihm ins Ohr,

Erzähl ihnen bitte Nichts.

Er schaute mich verwundert, etwas irritiert an. Das, was er in seiner Hand hielt glitt in meine Tasche, dann ließ er mich langsam, fast widerwillig los.

Ich wäre am liebsten in ihn hineingekrochen, ich wäre am liebsten sofort mit ihm ins Bett gefallen. Ich klammerte meine Augen in die seinen und wünschte mir nichts weiter als in seinen Armen zu sein und seine Lippen wieder erleben zu dürfen.

Seine Blicke enthielten ein unverschämtes Lächeln mit liebevoll verstecktem Spott, und seine Lust auf mich. Ich konnte sie erkennen. Seine Augen waren so durchsichtig für mich wie die meinen für ihn. Bei mir, ich glaubte, da musste e r sowieso nichts erraten.

Diesen Austausch von intimen, verliebten Blicken hätten sogar Blinde ertasten können. Wie furchtbar, i c h konnte meine Gefühle nicht unter Kontrolle halten!

Ich riss mich zusammen.

Lass das bitte, bitte, niemandem auffallen.

Die Aufführung und Aufzeichnung auf der Bühne erlebte ich traumwandlerisch, ich bekam gar nichts mit.

I c h sah und hörte nur i h n!

Mein Chef und seine Frau waren an diesem Abend ebenfalls eingeladen.

Nachdem die Show im Kasten war, gab es noch einen Abschiedsabend mit vielen anderen Schauspielern die mitgewirkt oder gekommen waren um zu gratulieren.

J.P. stand plötzlich hinter mir. Dann diese, seine Stimme, ich hätte sie aus allen Stimmen der Welt heraushören können,

Inka, Cherie, bitte komm mit an meinen Platz, ab jetzt gehörst d u nur zu m i r.

Er nahm meine Hand, ein elektrischer Funke durchzuckte mich. Ein süßes schmerzhaftes Ziehen lief durch meine Glieder.

Ja, ja, ja, ich will nur bei d i r sein, ich hätte es flüstern oder auch schreien wollen. Aber ich konnte nur hilflos meinen Kopf schütteln, machte meine zitternde Hand frei. Ich traute mich nicht einmal mehr in seine Augen zu schauen, allein ihn n i c h t ansehen zu dürfen schmerzte schon! Mich in seinen Augen wiederzufinden hätte mich bestimmt sofort willenlos gemacht.

Ich setzte mich zu meinem Chef. Falls die Frau meines Chefs, irgendwie, irgendetwas gemerkt hätte, ganz München hätte es spätestens am nächsten Tag erfahren, das wusste ich, und das durfte nicht sein!

Hätte ich i h m doch wenigstens einen Brief geschrieben, ihm nur einen Zettel in die Hand gedrückt. Nur meine Telefonnummer, oder nur wann und wo, oder nur wann, oder nur wo, oder noch einfacher,

Ich will nur dich!

Ich wollte doch auch nur ihn!

Jetzt erst hatte ich die Antwort auf alle meine quälenden Fragen gefunden, dabei wäre es so einfach gewesen!

Z u s p ä t, darauf war ich nicht gekommen, ich war so völlig durch den Wind gewesen. Verzweifelung stieg in mir auf, z u s p ä t!

Den ganzen Abend schauten wir uns aus der Ferne immer wieder an, bettelnd,

:Komm doch zu mir! Er machte Bewegungen zur Tür, lass uns draußen treffen. Ich w o l l t e, mit dieser riesigen Sehnsucht in mir, aber ich k o n n t e nicht.

Ich klebte fest an diesem Stuhl, und neben dieser blöden Henne, (der Frau von meinem Boss), der besten Freundin der Sekretärin meines Freundes, und je länger der Abend dauerte desto mehr wollte ich i h n, und desto mehr hielt mich dieser Stuhl gefesselt.

Alle meine Vorsätze hätte ich über den Haufen geworfen, ich wollte ihm alles erklären, mit ihm zusammen sein und geliebt werden.

Ich wünschte mir in diesem Moment doch nur noch d i e s e Nacht.

Jetzt waren so viele andere Menschen um ihn herum!

Die Hölle sind immer die Anderen ging es mir durch den Kopf. Warum lassen sie i h n nicht einfach nur mir allein, nur noch diese einzige Nacht, nur noch dieses einzige Mal?

Die Angst, ihn nie mehr zu sehen, ihn nie mehr anzufassen zu dürfen, nie mehr seine Küsse zu spüren, nie mehr in seinen Augen diese Zärtlichkeit zu lesen, nie mehr in seinen Armen diese Liebe zu erleben war einfach schrecklich. Ich war hilflos meinen Gefühlen ausgeliefert.

Es tat so weh, und eigentlich war diese Entscheidung, jetzt, selbst für mich unfassbar.

D a s konnte ich Franz n i c h t antun, das hatte er nicht verdient. Ich konnte nicht einfach davonrennen, ihn nicht zum Gespött anderer Leute werden lassen.

Warum war ich nur nicht zu Hause geblieben?

Es wurde zum Terror-Herzschmerz. Jetzt hatte mein Herz einen Splitter verloren. Der Schmerz überwältigte mich fast.

Ich konnte diesen wenigen Stunden die ich mit J.P. verbracht hatte nicht vergessen. Ich war süchtig nach seinen Augen, nach dem Ausdruck darin wie er mich dabei, und überhaupt anschaute. Ich war süchtig nach seinen Küssen, süchtig nach der Berührung meiner Haut durch seine Hände. Ich war süchtig nach seinem und meinem Verlangen, seinem Sex, seiner Stimme, seinem Lachen. Ich war nur süchtig nach ihm, diesem „Franzmann". Vielleicht war ich ja besessen!

Ja, ich fühlte es, e r hatte s e i n e n Zauber auch über mich gelegt.

Aber ich konnte dennoch nicht über meinen Schatten springen.

Ich ertrug es nicht mehr länger. Wie feige und verklemmt war ich denn immer noch!

Ich liebe dich, flüsterte ich in mich hinein.

Bitte komm jetzt gleich, nimm mich einfach weg von hier, egal wie weit und wohin, nur dahin wo uns niemand kennt, wo wir allein sind, und liebe mich!

Gerade als e r aufstand um zu m i r zu kommen?, verließ ich heimlich die Veranstaltung.

Ich schlich mich davon. Heulend im Auto sitzend fuhr ich fast blind nach Hause.

Dort bemerkte ich dann endlich was mir J.P. mir in die Handtasche gesteckt hatte Es war eine Schallplatte. Ich hatte diesen Titel und den Interpreten vorher noch nie gehört:

„I love you how you love me „ (von Jimmy Crowford,)

Auf dem Cover stand mit seiner Handschrift geschrieben,

Moi aussi, Inka Cherie. J.P.

Mir blieb das Herz wieder einmal stehen. Ich stellte sofort den Plattenspieler an. Ein Liebeslied, wie auf uns zugeschnitten.

Meine Tränen flossen in Bächen meinen Wangen entlang, Schüttelfrost packte meinen Körper.

Wo hatte dieser verrückte, traumhafte Kerl nur so schnell dieses einzigartige Geschenk für mich aufgetrieben? Er h a t t e an mich gedacht. Liebte er mich wirklich so wie er gesagt hatte, was sollte ich bloß machen?

Jetzt gab es für mich kein Halten mehr, ich wollte ihn haben, ich wollte ihn spüren, ich wollte diese Leidenschaft noch einmal, oder wie oft e r auch immer gewollt hätte, mit ihm teilen, koste es was es wolle.

Ich glaube jetzt hätte ich mich auf Alles eingelassen, ich hätte auch 1000 Kompromisse gemacht!

Nur ihn nicht ganz verlieren!

Fieberhaft rief ich das Hotel an in dem er beim ersten Mal abgestiegen war.

NEIN.

Ich rief alle namhaften Hotels in München an in denen er abgestiegen hätte sein können.

NEIN.

Meine Verzweifelung wuchs von Minute zu Minute, von Stunde zu Stunde, und sie blieb bis zum Morgengrauen. Hoffnung, bitte, lass mich ihn finden!

Doch auch die Hoffnung fand ihn nicht!

Auf das Naheliegendste war ich nicht gekommen in meiner wirren Gefühlswelt, er hatte in dem "Restaurant" in dem die Abschiedsfeier gewesen war genächtigt. (Vielleicht hatte er mir das sagen wollen vor dem Fernsehstudio!)

Es war ein Hotel! Jahre später bin ich zufällig darüber gestolpert.

Ich habe ihn nicht gefunden in dieser Nacht.

Ich habe mich meiner Feigheit so geschämt, war aber auch zutiefst erschrocken vor dieser Flut von tiefen Gefühlen die er in mir ausgelöst hatte.

Was hatte dieser wunderbare, zärtliche Zaubermann bloß von mir denken müssen! Das er für mich nur so nebenbei ein alkoholisches Abenteuer war?

(Na ja, so ganz weit entfernt war das wohl am Anfang nicht gewesen)

Was hatten wir auch schon von einander gewusst, außer das wir uns verliebt hatten. Aber damit fing ja normalerweise auch alles erst an.

Wie hätte e r den ganzen verzwickten Hintergrund erahnen können ohne das wir geredet hätten.

Was für eine Hölle. Ich muss ihm ja ins Gesicht geschlagen haben mit meiner scheinbaren Ignoranz, als ob Nichts zwischen uns gewesen wäre. Dabei war doch alles passiert was gar nicht hätte sein dürfen oder sollen. Doch es war mehr geschehen als wir beide wahrscheinlich gewollt hatten, und ich hatte ein Herz verloren das mir schon zehn Jahre lang nicht mehr gehörte.

Warum musste Franz sich gerade jetzt scheiden lassen, warum überhaupt?

Er, J.P, würde doch sicher nicht F. fragen! Nein, das glaubte ich nicht, so weit würde er nicht gehen!

Das Thema J.P. hatte ich immer vermieden wenn F. oder sein Sohn und ich uns danach gelegentlich gesehen hatten.

Irgendwann, ein, zwei Monate später, in der Praxis, F. sah mich so merkwürdig an. Er sagte leise zu mir,

Ich muss es dir jetzt doch endlich sagen, obwohl ich versprochen hatte es nicht zu tun.

Weißt du eigentlich, dass J.P. dich sehr geliebt hat? Er war so glücklich. Ich habe noch nicht oft einen so verliebten Mann gesehen. Alle haben es gemerkt und gerätselt, aber nur ich ahnte oder wusste dass nur d u es sein konntest, ich hatte es am Samstagabend schon vermutet. Was ist zwischen euch vorgefallen? Warum hast du ihn so enttäuschen müssen, warum bist du ausgerissen?

Er hat dich ununterbrochen gesucht als du nicht mehr in seinem Blickfeld warst, ich habe ihn genau beobachtet.

Mir traten gleich die Tränen in die Augen und ich flüsterte,

Ich liebte ihn doch auch.

F. schaute mich an, er sah den ganzen Schmerz in meinen Augen,

Ich musste ihm von Franz und von deinem Leben erzählen. Er hat mich bis aufs Hemd ausgefragt. Ich weiß nicht ob er das Ganze verstanden hat. Er sah so verwundet aus.

Was hast du nur mit ihm gemacht, du hast ihn ja völlig durcheinander gebracht. Er wiederholte immer wieder,

Aber warum hat sie nicht einmal mehr mit mir sprechen wollen? Wir hätten miteinander reden müssen!

Deshalb hat sie e s mir n i c h t sagen können.

Sie wollte e s mir n i e s a g e n!

Ist sie jetzt zu I h m gegangen?

Ich konnte ihm diese Fragen nicht beantworten, und was konntest du ihm nie sagen?

Wie, wann, und wo ist denn das alles passiert? (Männer-Neugier)

Wieder dieser Schmerz, als ob mir jemand mit Wucht in den Magen geschlagen hätte! Ich vergaß das Atmen.

Ein Ballast fiel mir aber von der Seele, J.P. w u ß t e jetzt wenigstens, dass es da noch einen anderen Mann gab, und er nicht n u r dieses Abenteuer für mich für eine Nacht gewesen war.

Aber was hatten w i r B e i d e von diesem Wissen gehabt, e r, dem ich im Moment am allerwenigsten hatte weh tun wollen, oder ich, die i h n so grenzenlos gern für mich allein gehabt hätte, wenigstens noch dieses eine Mal und nur noch diese eine Nacht!

Meine Zweifel an seiner Liebe hatten sich in Nichts aufgelöst.

Jetzt war ich F. fast dankbar für seine Aufklärung bei J.P, aber noch unglücklicher.

E r hatte mich d o c h geliebt! Diese seltsame Ungewissheit in mir war verflogen.

Unfähig einen klaren Gedanken zu fassen rang ich um eine glaubwürdige Antwort.

Unser Gespräch wurde durch Dritte beendet. Gott sei Dank, ich musste ihm nicht antworten. Ich wollte mit niemandem, auch nicht mit F. über J.P. sprechen. Ich wollte ihn nur für mich allein haben in meinen Gedanken.

Wir haben das Thema auch nie wieder erwähnt. Er kannte Franz und mich schon so lange. Ich glaube er hat geahnt wie peinlich mir diese Situation war.

Jetzt hätte ich so viele Fragen an ihn gehabt, jetzt wo er davon wusste.

Ich fragte nichts, feige und beschämt wie ich war.

Ich war vor meinen Gefühlen zu J.P. davongerannt, ich hatte Verpflichtungen bei einem Anderen, aber das konnte e r ja nicht wissen! (dachte ich), und zu mehr hatte ich mich mal wieder nicht getraut.

Ich kannte ihn ja kaum. (da war sie schon wieder, diese Ausrede, aber jetzt schon bei dem zweiten Mann) Offensichtlich fehlte mir nur jeglicher Mut mich zu etwas Neuem zu bekennen, oder überhaupt auch nur etwas Anderes in Erwägung zu ziehen.

Ich hatte einfach Angst vor dieser wunderbaren, unbekannten Liebe. Sie war zu frisch, zu neu, viel zu schön, aber auch so ungewiss. Die Zeit war doch viel zu kurz gewesen?

Warum hatte ich i h n nur so verletzen müssen? (Franz

hatte da wohl das allerbeste Los gezogen, er war ja, ohne es zu wissen, gar nicht involviert gewesen)

Ein altes Sprichwort sagt, das Bessere sei der Feind des Guten. Wäre J.P. für mich nicht doch das Bessere gewesen, wenn es auch nur für kurze Zeit gewesen wäre!

Hätte ich überhaupt wählen dürfen?

„Now, you belong to me", seine letzten Worte an mich. Mein Herz zog sich immer wieder schmerzhaft schlagend zusammen.

Seine Telefonnummer in Paris, die er mir am ersten Abend gegeben hatte, habe ich oft und öfter gewählt. Nur die letzte Zahl wirklich nie.

Was und wie hätte ich ihm d a s am Telefon, noch dazu in Englisch, j e t z t n o c h erklären können. Wenn ich nur noch einmal seine Stimme und diese drei Worte gehört hätte! (Inka, ma Cherie).

Jedes Mal wäre ich mit meiner panischen Angst er würde sofort wieder auflegen oder eine Frau würde sich am anderen Ende melden, über mein eigenes Herzklopfen gestürzt, und jedes Mal kriegte es wieder seinen neuen Sprung, und jedes Mal heulte ich mir meinen Herzschmerz von der Seele.

Ich hatte nur für mich selbst entschieden. Mit jeder Faser meines Herzens hätte ich wissen wollen was e r m i r zu sagen gehabt hätte!

Ich habe seine Telefonnummer zerrissen, dann wieder zusammengestückelt. Wochen später, mit diesem entsetzlichen Stechen in meinen Eingeweiden, bei jedem Schnitt mit der Schere, zerschnipselt und verbrannt.

Ich wollte mich damit von ihm befreien, nie wieder in Versuchung geraten.

Meine Sturzbachtränen löschten das Papier mit den magischen Zahlen aus. Ich habe die Asche lange aufgehoben.

Ich hatte mir damit keinen Gefallen getan; meine Gedanken kreisten doch immer und immer wieder nur um ihn herum.

Ich litt wie ein Hund. Liebesschmerzen, wie konnten die nur so entsetzlich wehtun.

Jetzt hätte ich ihn angerufen, aber ich hatte mich durch mein vorschnelles Handeln selbst aus dem Spiel gebracht.

Aber mir die Blöße zu geben und F. nach s e i n e r Telefonnummer zu fragen, nein, das hätte ich nicht gekonnt. Bei aller Liebe und dieser schmerzhaften Sehnsucht nicht, nach allem was gewesen war und was nie wiederkommen würde. Ich w u ß t e es.

Schicksal,

so nannte ich es dann.

Der Verzicht auf i h n schien mir über eine lange Zeit so unsinnig, so schlimm, so herzzerreißend, und unnötig. Ich war nicht mehr ich. Ich war in einer Wunschwelt gefangen in der nur e r, ich, und d i e s e Liebe zählten.

Ich träumte ihn mir herbei, ich versuchte mich selbst zu befriedigen, und wenn es so weit war, weinte ich aus meinem allertiefsten Inneren heraus.

Alles war N i c h t s ohne i h n.

Mir fehlten seine Küsse, seine Zärtlichkeiten, seine Hände, seine Augen und dieses Verlangen darin nach mir.

E r war es, der mir diese Liebe gegeben hatte wo i c h vorher immer nur der Geber gewesen war. Er hätte auch mit Recht mein übervolles Herz für sich in Anspruch nehmen dürfen.

Es war, als ob ich in einen See getaucht wäre und immer tiefer versinken würde in dieser Liebe zu i h m und dieser Sehnsucht nach i h m und diesem Selbstmitleid.

Aber es war so dunkel dort und ich hatte Angst.

Irgendwann, irgendwie kam ich wieder nach oben, nicht geheilt, nicht ohne Vergessen, aber mit mehr Realismus. Gerade wenn ich meinte, jetzt wäre ich darüber hinweg, kam wieder diese Warum - Keule. Doch jeder Schlag rückte mich wieder ein Stückchen nach vorn.

Und dann, eines Tages, schaltete sich überraschend mein Hirn wieder ein, und ich erinnerte mich, wer, w i e und was ich einmal war!

(Gott sei Dank nicht nur für mich selbst sondern auch für mein Umfeld)

Ich hatte das für mich so entschieden, damit musste ich jetzt auch leben!

Jetzt konnte ich zum ersten Mal meine Mutter richtig verstehen. Man hatte sie in den ersten Jahren nach dem Tod ihres Mannes oft in der Nacht mit Gewalt vom Friedhof holen müssen, wo sie an ihrer verlorenen großen Liebe fast zerbrochen wäre.

Drei Monate habe ich mich geweigert mit Franz zu schlafen, mich von ihm küssen zu lassen.

Ich hätte außer J.P. niemanden an mich heranlassen können, die Sehnsucht nach ihm war noch viel zu groß.

Ich übersiedelte, allein, in eine wunderschöne große Altbauwohnung in Schwabing, eine Wohnung, die ich mir selber leisten konnte.

8 Monate später (nach J.P.) habe ich Franz geheiratet. Er zog zu mir, samt seiner 4 Millionen DM Schulden. Er war mit 52 Eigentumswohnungen, die er in eigener Regie gebaut hatte, in die Architektenkrise geraten. Darüber hatte er mich bei diesem Segeltag n i c h t im Unklaren gelassen; obwohl ich es vorher schon gewusst hatte. Er war bankrott.

Wie hätte ich i h n j e t z t verlassen können, j e t z t, wo e r mich am meisten brauchte!

D a s war meine Entscheidung nach d i e s e r e i n- z i g a r t i g e n Nacht.

Nur, warum tat sie und es so verdammt weh, so übermenschlich, so gemein weh?

Ich bin nicht schwanger geworden in jenen Glücksstunden mit J.P. Ich wusste ja, ich hatte die Pille genommen nach meiner abgebrochenen Schwangerschaft. Aber meine Antwort auf seine Frage wäre ein strahlendes "Ja", gewesen.

Das sage ich heute, nachdem ich das Leben mit Franz gelebt, und überlebt habe.

Vielleicht hätte ich ein Kind mit J.P. gehabt. Eines, mit seinen Augen und dieser Zärtlichkeit wie er sie gehabt hatte für mich, oder ein Mädchen, so wie er es sich gewünscht hatte.

Ich wollte immer Kinder haben.

Einer seiner Söhne hat seine Augen geerbt, dieses herrliche blau, ich erkenne i h n in ihm wieder. Es ist schön, dass er in ihm weiterlebt.

Es schmerzt immer noch, aber nur manchmal.

Ich wurde mit Franz auch wieder glücklich.

Zehn Jahre Liebe, ich konnte das doch nicht, selbst nach einer so traumhaft erfüllten Nacht und dieser Liebessehnsucht nach einem "Fremden", einfach so wegwerfen.

Nur wenn ich mit ihm schlief hatte ich Sex mit J. P., und s e i n Mund und s e i n e Hände waren an meinem Körper. Ich fühlte sie überall, und in Gedanken bettelte ich immer wieder,

J.P, liebe mich, bitte J.P. bitte, nur noch ein Mal.

Ich lebte eine Sexlüge viele Jahre lang.

Ich konnte nur von i h m dabei träumen. (es waren leider immer nur 3 Minuten Träume, dann war der Sex mit Franz wieder vorbei)

Erst j e t z t fühlte ich mich bei seiner „Liebe“ nur benutzt, jetzt hatte ich es ja anders erlebt.

Ich hatte nie wieder so eine Nacht.

Damals habe ich mich oft gefragt ob das Verlangen nach dieser Liebe in mir jemals gestillt werden könnte. Mir fiel dieses wunderschöne aber auch unendlich traurige Liebeslied ein, u.a.: Why does my heart goes on beating, (warum schlägt mein Herz weiter, warum stehen die Sterne noch genauso am Himmel, aber warum weinen meine Augen immer noch?)

Aber auch s o eine Liebe beendet das Leben nicht, der Schmerz wird mit den Monaten weniger, nimmt weiter ab. Irgendwann ist die Sehnsucht nicht mehr ganz so schlimm und man vergisst langsam.

Es bleibt und schlummert wie eine Erinnerung an etwas Wunderbares, etwas Einmaliges.

Ich war noch 13 Jahre verheiratet.

Ich liebte Franz ja noch, aber es hatte sich doch etwas verändert. Jetzt hatte diese Liebe auch noch einen anderen Blickwinkel bekommen.

Nach 8 Jahren trennte ich mich.

Er arbeitete kaum noch. Er gab sich einfach auf mit diesem Schuldenberg, er wurde ein ganz anderer Mann. Wir hatten da auch fast zwei Jahre sexuell keinen Kontakt mehr.

Er hatte an fast Nichts mehr Interesse, außer am Golfspielen. Seine Überlebenssorgen klopfte er i n und a u f den Ball. Er lebte mehr oder weniger auf seinem Golfplatz.

Mit mir besprach er nichts, und niemand durfte etwas davon erfahren!

Der Altersunterschied wurde immer deutlicher, er ließ mich einfach im Regen stehen.

Ich trug mit meiner Arbeit nicht nur die Miete, sondern auch unseren Unterhalt.

Irgendwann, im Laufe der Zeit, entliebte ich mich ganz. Es schmerzte dennoch sehr.

Ich zog aus meiner geliebten Wohnung aus, fast nur mit meiner Kleidung. Er blieb, fast mit meiner ganzen Einrichtung.

Franz ließ mich auch noch auf einer Bürgschaft von 120.000 DM sitzen,(das hatte er sicher nicht mit Absicht getan!) ich erfuhr es aber auch erst am Scheidungstag. (hätte ich nur bei Friedrich Schillers gleichnamiger Ballade besser aufgepasst!)

Ich habe der Bank das „Geforderte" abgezahlt.

D a s habe ich auch überlebt. Das war ja n u r Geld. Ich war nicht krank, ich konnte arbeiten. Es war mühsam, ermüdend, aber irgendwann, mit Hilfe sehr guter Freunde, die mir diesen Betrag vorgeschossen hatten, auch geschafft.

Franz ist jetzt auch schon 8 Jahre tot. Ich habe ihm diese Affäre natürlich nie erzählt. Er war sich meiner Liebe und Treue immer so sicher.

Aber ich hätte auch niemals geglaubt, dass m i r je so etwas passieren würde. An einem Abend mich in einen fast Unbekannten s o zu verlieben, in sein Bett zu steigen,(oder mich legen zu lassen), und dabei auch noch die ganz ganz große Liebe zu erleben, oder das ich mich wie ein Groupie benehmen könnte.

J.P. habe ich nie wirklich vergessen.

Danach habe ich zweimal versucht diesen Sex zu finden den ich meinte noch einmal haben zu müssen. Nur reinen Sex, aus purem Frust. Es ging doch bei anderen, warum sollte das bei mir nicht auch funktionieren.

Ich war erst 42 Jahre alt.

Es waren beide Männer gute Küsser gewesen.

Zuerst ein Italiener, ein sogenannter Latin Lover, der mich schon Jahre lang verehrt hatte. Später ein ziemlich reicher, auch golfspielender Mann aus Hamburg, mir von Freunden vorgestellt, den ich mir „schön" getrunken hatte. (das können Frauen nämlich auch) Bei „mehr" stellte sich heraus, sie waren beide impotent.

Ich konnte es nicht glauben.

BEIDE!

Es konnte nicht an mir gelegen haben! Oder doch?

Jetzt dachte ich wieder verzweifelt an i h n, J.P. Wie konnte ich ihn nur so verraten.

Es w a r Vorherbestimmung.

Vielleicht hatte ich meine Erwartungen auch zu hoch geschraubt. Es wäre n i e so wie mit i h m gewesen. Ich wusste es jetzt ganz genau. Diese Versuche hätte ich mir schenken können und diese Enttäuschungen auch.

Warum hatte ich mich nur auf so etwas, für mich ganz fürchterlich Demütigendes eingelassen, mich einem Mann hingeben zu wollen ohne wenigstens verliebt zu sein. (und dann auch noch in zwei absolute Vortäuscher, die doch von ihrer Impotenz g e w u ß t haben muss-ten!)

Es fehlte in meinem Leben irgendetwas! Aber das war bestimmt nicht s o, und auch mit Gewalt nicht zu ha-ben.

Damals habe ich versucht J.P. zu schreiben, an seine Adresse in London, die ich von einem Agenten bekom-men hatte. Viele Briefe, alles was in meinem Kopf, und in dieser Zeit in meinem Leben vorgegangen war und jetzt wieder so abgrundtief in mich hineinstürzte.

Ich wurde von meiner Sehnsucht nach dieser, seiner Liebe, einfach wieder überrollt.

Keinen Brief habe ich jemals abschicken können, noch immer fehlte mir der Mut zu so etwas.

Jetzt erst hatte ich es endlich wirklich begriffen.

Diese erotische Anziehungskraft, dieses einzigartige Begehren! Liebe, Zärtlichkeit, und einen Mann, der genauso gern küsste wie ich, der mich genauso wollte wie ich ihn, der mir zurückgegeben hatte was ich ihm angeboten hatte und umgekehrt.

Nur e r, der den Sex so wunderschön für mich gemacht hatte und mich dabei auch noch liebte, und ich, die ihn so liebte und diese ersten richtigen intimen erotischen Gefühle mit ihm teilte, konnte diese Leidenschaft auslösen. Die Chemie musste stimmen. (vielleicht ist das ja auch nur bei mir so)

Mit J.P. hatte das eben alles gepasst. Er hatte mich geprägt in dieser einen Nacht, (eigentlich hatte er mich für andere Männer in dieser einen Nacht „versaut") er hatte mir gezeigt wie ein Mann eine Frau nicht nur lieben, sondern gleichzeitig sexuell glücklich machen konnte. Er hatte meine „Bedürfnisse" vor die seinen gestellt.

E r hatte erraten, dass ich noch viel aufzuholen hatte, dass ich noch eine Art Jungfrau auf diesem Gebiet war, und ich war ihm in Allem, dankbar, mehr als willig, lechzend nach so einer Liebe, überglücklich gefolgt wie eine Schülerin.

Ich hatte mich vorher nie als s o wunderschön und als etwas s o Besonderes betrachtet, (obwohl andere Männer mir schon ähnliche Komplimente gemacht hatten)

Für i h n war ich es gewesen! Ich wusste es einfach.

Vielleicht hätte ich diesen Sex ohne ihn gar nicht vermisst, weil ich ihn s o nie kennengelernt hätte.

Wahrscheinlich wäre das auch für mich besser gewesen. Die nochmalige Suche und Sehnsucht nach s o einer Liebe ist nichts was man sich wünschen muss.

Etwas Einmaliges kann man in einem Leben auch wirklich nur ein einziges Mal erleben.

Jetzt bin ich seit über 20 Jahren neu liiert, mit einem Zahnarzt.

Dabei hatte ich mir geschworen nie mit einem Zahnarzt anzubandeln (ich arbeite tatsächlich immer noch) jetzt natürlich mit ihm.

Ich hatte schon immer diese Vorahnungen.

Wassermannfrauen haben so etwas.

Wir verliebten uns bei einem Zahnarzt.

In der Praxis eines Zahnarztes.

Eine neue Liebe ist wie ein neues Leben. Ein ganz anderes Leben, und eine ganz andere Liebe.

Wir schliefen erst nach fünfjähriger Freundschaft zum ersten Mal miteinander.

Das erste Mal mit einem jüngeren Mann.

Er zog zu mir.

Das Jahr 2009, jetzt!

66 Jahre jung.

Es war in diesem Jahr und diesem Sommer, im Urlaub am Meer. Im gleichen Monat wie damals.

Es war vor genau 33 Jahren, und es w a r das g l e i c h e Datum!!

Seine meine, von J.P. mit Liebe geschenkte Schallplatte ist irgendwie verloren gegangen. Sie war auch mit den Jahren immer mehr in Vergessenheit geraten muss ich zugeben, und e r auch. Auch meine Gefühle für ihn muss ich wohl völlig verdrängt haben obwohl ich i h n in seinen Filmen im Fernsehen immer verschlungen hatte, aber ohne größere Emotionen.

Niemals hatte ich unser Lied im Radio gehört.

Ich spielte eine neue CD an diesem Sommertag in Spanien. Und dann hörte ich es, Song Nr.11,

Es war unser Lied!

Und ich spielte es und spielte es, und dann den ganzen Sommer lang.

I love you how you love me.

Es lag eine ganz besondere Spannung und Stimmung in dieser warmen, nach Meer und Salzwasser riechenden Luft.

E s   w a r   M a g i e, ich konnte sie fühlen, ich hätte sie greifen können.

Ich konnte i h n spüren, e r   w a r   d a!

Und alle Erinnerungen kamen zurück. Zuerst alle Schmetterlinge, dann diese wieder aufgeflammte Liebe, dann der Schmerz, dann die Sehnsucht.

Mein Herz lag wieder blank.

Ich liebe dich wie du mich liebst.

Danach stand ich die ganze Zeit wie unter „Strom" und diesem Zauber. Ich konnte nur noch an i h n denken, und i h n fühlen.

Es war wie verrückt.

Eine Windböe über meinen nackten Körper in der Sonne, und schon meinte ich seine zärtlich -streichelnden Hände spüren zu können, wie ein Hauch aus Samt und Seide. Berauschend so etwas zu erleben (oder es sich auch nur einzubilden zu können)

Die bloßen Gedanken an i h n brachten mir schon einen Orgasmus.

(Fahrradfahren wäre unter diesen Umständen wohl völlig sinnlos gewesen)

Meine Brustwarzen standen ununterbrochen und schmerzten, sie wollten nicht einmal mehr ein T-Shirt über sich dulden. Nachts beim Träumen war es nicht anders, ich kam, kam und kam, ohne mich selbst berührt zu haben.

Sollte es jetzt wirklich so sein wie e r mir diesen Traum geschildert hatte, diesen Traum, den ich vor 33 Jahren hätte träumen sollen?

Wir könnten uns in unserem Traum begegnen und uns lieben so oft und so lange wir wollten!

Wie sollte so etwas möglich sein, das, oder ich, waren doch absolut nicht mehr normal!

Es brachte mich völlig durcheinander, ich hatte nur noch müde Augen, Kopfschmerzen und Schuldgefühle.

Bis ich irgendwann zu dem allerhellsten Stern des Himmels, denn das war e r in diesem Sommer, (sonst war es immer meine Mutter mit der ich sprach) fast flehend flüsterte,

Bitte, J.P, geh` wieder weg, lass einfach wieder los, lass mich mein jetziges Leben s o weiterführen. Vielleicht habe i c h uns damals alles verdorben, ich weiß es ja nicht. Es tut mir so unendlich leid.

Ich liebte dich so sehr. Vielleicht hätte ich es dir sagen sollen, aber es fehlte mir einfach nur der Mut dazu.

Geh wieder, sonst werde ich immer wieder und zu oft an die Vergangenheit, an diese schmerzvollste, schönste Liebe meines Lebens erinnert werden.

Irgendwann danach entfernte er sich langsam. Ganz weg ist er immer noch nicht, und g a n z normal bin ich auch noch nicht.

Ich hatte es ja gewusst
Es war MAGIE.
I love you how you love me.

2 Jahre zuvor war er gestorben.

Heimlich weinte ich lautlose Tränen um ihn, ich trauerte richtig.

(nach dieser langen, langen Zeit!)

Wer hätte mir meine Tränen wegküssen sollen?

Einen „One –Night -Stand", so nennt man es wohl. Meine unerfüllte und doch so erfüllte große Liebe.

Wie kann eine so alte Erinnerung so lange in einem Kopf nisten, unbewusst, und dann auch immer wieder s o weh tun wenn man mit irgendetwas, wie z.B. mit diesem Lied, daran erinnert wird?

Weil es einfach nur so unendlich schön war.

Lieben und leiden, unglücklich und glücklich sein, ich hatte es immer schon gewusst. So ist es bis heute, so war es mein Leben lang.

Ich bin an einem Donnerstag geboren, diesen Menschen wird das Leben nicht leicht gemacht, (sagt man) oder machen wir es uns einfach nur selber schwer?

Aber, ich habe diese einmalige, leidenschaftliche Liebe in dieser einen einzigen Nacht erleben dürfen. Eine Nacht für ein ganzes Leben.

Ich hatte drei der aussergewöhnlichst schönsten Dinge des Lebens komprimiert in einer Nacht besessen: Romantik, Liebe und Sex,

und die Träume davon!

Ich bin unendlich dankbar, dass mir diese eine Nacht geschenkt wurde.

Sie war einzigartig und wundervoll.

Und auch dieser Mann war einzigartig und wundervoll.

Was wäre gewesen wenn ich damals wirklich vor eine Entscheidung gestellt worden wäre?

Vielleicht wäre es ja doch nicht die Liebe bis in alle Ewigkeiten gewesen, vielleicht wäre die Leidenschaft bald verflogen, vielleicht hätten wir uns außerhalb des Bettes gar nicht verstanden, oder aber vielleicht.

Alles wäre möglich gewesen, auch die Kehrseite.

Warum hatte ich diese, von mir immer so ersehnte, ganz ganz große Liebe einfach so aufgeben können als ich die Chance hatte sie auch eventuell behalten zu dürfen?

Ich war doch frei gewesen, auch in meinen Entscheidungen.

2010

Manchmal schaue ich mir J.P.'s DVDs an und höre eine seiner Schallplatten oder CDs, besonders wenn ich seelisch überfordert bin. (das bin ich aber nicht so sehr oft.)

Das Internet ist für alte Bilder, Schallplatten etc., eine ganz tolle Sache, man kann sich vieles besorgen.

Erst jetzt weiß ich auch einiges aus seinem Leben.

Er war damals noch verheiratet, dann geschieden. 1980 hat er es noch einmal versucht, eine Tochter gezeugt.

Wäre er vorher für mich frei gewesen, hatte er mich wirklich so geliebt, hätte er mich für immer haben wollen?

Hätte ich mich für ihn entscheiden können oder dürfen?

Hätte ich Franz einfach so aufgeben können?

Manchmal denke ich, wenn ich die Folgen meines Entschlusses, die Konsequenzen und Enttäuschungen daraus für mich vorausgesehen hätte, hätte ich mich nicht doch von ihm trennen können?

Ich sehe J.P. und kann seine Stimme hören, natürlich in Französisch.

Manchmal träume ich von seinen Küssen, spüre, wie seine Augen mein Gesicht und seine Hände meinen Körper belieben und liebe ich mich dabei selbst.

Jetzt, in meinem Alter! (aber ich weine nicht mehr dabei)

Und Song Nr.11 kann ich auch wieder auswendig.

Meine Träume kann mir ja niemand nehmen!

Man kann nur träumen wenn man Realist ist habe ich gelesen, und das bin ich auch, ein verdammt dummer, romantischer Realist.

Mein Leben läuft eigentlich ganz gut mit meinem Zahnarzt. (64!)

Nur Gefühle, wie Zärtlichkeit, Küssen, Sex, sind i h m nicht mehr wichtig.

In "unserem Alter" macht man d a s doch alles nicht mehr, sagt e r.

Wie hatte mich meine Intuition bei ihm nur so im Stich lassen können!

Er küsste doch schon damals nicht so gern und auch nicht so besonders gut, und Schmusen war auch nicht seine Stärke.

Wenn er nur einen ganz kleinen Teil von der Liebe, die ich ihm jeden Tag anbiete, zurückgeben könnte!

Früher war das auch anders.

Warum nur, stumpft Zeit so ab, oder machen uns die Männer am Anfang nur etwas vor bis sie uns endlich eingefangen haben? Oder wollen sie diesem Egoismus ihrer früheren Jahre auch im Alter weiter frönen, nur in anderer Form?

Aber so schnell gebe ich nicht auf!

Ich hätte Liebe für mehrere Leben in mir. J.P. hatte es erkannt,

Du bist so voller Liebe!

Ich brauche diese Liebe und Zuneigung noch immer. Ich bin einfach viel zu jung für mein Alter!

(aber das wäre jetzt eine ganz andere Geschichte),

Obwohl das mit J.P. keine Geschichte war. Es war aber auch nie wieder so wie mit i h m!

Es war wirklich wirklich, aber eigentlich auch nicht.

Kann es eine so leidenschaftliche, echte Liebe geben, die man, aus welchen Gründen auch immer, von sich aus so schmerzvoll beenden k a n n?

Manchmal bezweifele ich es.

Warum musste ich nur so entsetzlich stark gewesen sein, warum hatte mir meine Mutter d a s   a u c h   noch vererben müssen?

Hatte ich mich immer falsch entschieden?

Diese Fragen werden mich auch weiterhin begleiten, aber, eine Antwort darauf werde ich wohl niemals finden.

Es g i b t Märchen. Ich war eine Zeit lang in meinem eigenen Märchen gefangen. Es war so wunderschön. (wie bei Alice im Wunderland)

Meine Nichte gab mir die Anregung, eben im letzten Sommer, diese bittersüße Liebesgeschichte, wie sie sagte, aufzuschreiben.

Wie kann man etwas so Schönes einfach so aufgeben?

(das habe ich mich selbst auch oft genug gefragt)

Und,

Das möchte ich auch einmal erleben, auch wenn es s o ausgeht.

S i e ist 42 Jahre alt!

Wo sind diese Männer die uns Frauen a u c h körperlich so zu lieben und zu befriedigen verstehen dass man sie nie wieder vergessen kann?

Lebt diese Gattung Mann nur in Frankreich, sind nur Franzosen s o?

Viktoria, die Tochter meiner Nichte, lässt sich von mir, ihrer " Nona" ein Kinderbuch vorlesen. Es heißt,

Wie lieb ich dich habe." Jede Geschichte endet,

Ich hab dich lieb, bis zum Mond und zurück.

(so liebe ich s i e auch)

Und ich denke,

Moi aussi, je t`aime J.P. mon Amour, aber bis zum Himmel.

Einen Teil meiner Liebe kann ich wenigstens meinen beiden Mädchen zukommen lassen.

Natürlich auch meinen zwei Katzen, aber auch nur, wenn s i e dazu bereit sind.

Viktoria, 3 1/2 Jahre alt, hat ungefähr meine Haarfarbe von damals, dieses leicht rötliche goldblond. Locken, und diese wundervollen großen blauen Augen. Und d i e kann schmusen! Ich kann auch meinen Humor bei ihr ansatzweise schon erkennen (und das heißt bei meinem Humor schon etwas!)
Es bleibt mir nur die Vorstellung,
Wäre "sie" s o gewesen, hätte" sie" so aussehen können, von i h m und m i r je ein bisschen, und mit diesen vielen anderen Talenten die er bei mir, und ich bei ihm, nicht mehr hatte entdecken können.
Ich glaube es fast.

Hätte ich mein Herz niemals in meinem Leben mehr einem anderen Mann öffnen m ü s s e n?
Ich habe auch n i e wieder zugelassen das es sich sehr weit geöffnet hat.
Der Schmerz damals war viel zu groß, ich wollte mich nie wieder so verletzen lassen können, auch nicht von mir selbst.

Wie hätte ich sonst die Seitensprünge meines Zahnarzt-Verlobten vergeben können?

Bei J.P. wäre mir wahrscheinlich das Herz gebrochen. Vielleicht hatte ich seines aber a u c h (an)gebrochen?

Ich liebte dich wie du mich liebtest, J.P.

Nur dieser eine Wunsch wird nie mehr in Erfüllung gehen können.

Noch einmal in s e i n e n Armen, in dieser gesättigten Liebe einzuschlafen, und am Morgen in seinen Armen in dieser wundervollen Zärtlichkeit zu erwachen.

Seine Augen, die meine erstrahlen ließen, sein Mund, seine Lippen, die meine erbeben ließen, und seine Stimme, die mich fast meine Sinne verlieren ließ wenn er sagte,

Je t`àime, Inka, ma Cherie.

Aber die Sehnsucht in mir bleibt,
und sie wird wieder größer.
Irgendetwas fehlt schon wieder in meinem Leben.

Und i c h weiß auch was es ist!

Einfach nur L i e b e!